可愛い顔して憎いやつ

愁堂れな

幻冬舎ルチル文庫

CONTENTS ✦目次✦

可愛い顔して憎いやつ

✦カバーデザイン=清水香苗(CoCo.Design)
✦ブックデザイン=まるか工房

イラスト・陸裕千景子✦

可愛い顔して憎いやつ

1

好きだと思ってしまった瞬間から、思いきり『彼』を意識しはじめた。

俺は別にゲイというわけではない。男との経験は全くないというわけではなかったが、自分には全くその気はないと信じていた。

ちなみに、その『男との経験』とは、俺は中高一貫の男子校に通っていたのだが、高二のときに、悪ふざけが高じて三人のクラスメートに犯されかけたことがある、というものだ。

どうしてそんな流れになったのだったか、皆して面白がって借りたホモビデオを友人の家で観ている最中、誰かがふざけてビデオの真似をして俺の手足を押さえ込んだ。

初めはただの冗談だったはずのその行為が、集団心理とでもいうんだろうか、次第に皆興奮してきてしまい、勢いに乗った悪友たちに俺は裸に剝《む》かれたのだった。

画面の真似をし、一人が本当に俺に突っ込みかけたのだが、俺にとっては幸いなことにビデオのようには上手《うま》くいかず、そのうちに皆、我に返って、自分たちがしでかしたことに真っ青になった。

そんな彼らを俺は叱咤《しった》し、自分の家まで送らせたのだったが——服を破られとても一人で帰れるような状態ではなかったからだ――それで男に目覚めてしまったというわけでは勿論《もちろん》ない。

嫌なことは即行忘れるというこの便利な性格のおかげで、そんな出来事があったこと自体を最近まですっかり忘れていたくらいなのだが、もしかしたらそれがトラウマになって今頃現れたのかもしれない。

俺が密《ひそ》かに想いを寄せている相手は坂本一希《さかもとかずき》という、去年入社しうちの部に配属されてきた、俺より二学年下の後輩だった。

某超有名アイドル事務所にいそうなその外見にロートルの女性陣はいちように色めき立ったが、中身がまた『近来稀《まれ》に見る』と言われるほどに優秀で――三年前に入った俺の立場はどうなる、ということはさておき――仕事覚えも早く、人当たりもよく、何より労を厭《いと》わないその性格は、老若男女を問わず可愛がられていた。

かくいう俺も仕事は勿論、合コンがあれば声をかけてやったし――奴の一人勝ちに終わるパターンが多すぎるので最近は敢《あ》えて声をかけちゃいないが――残業したあとに一年下の平《ひら》野《の》と三人でつるんで飯を食いに行ったりもしていた。

三人とも寮が一緒だったので、そのあと割り勘でタクシーで帰ったりもしていたのだが、いつの間にか俺は坂本のことを――好き、になってしまったらしい。

本当にいつの間にか、だった。気づいたときには坂本を『可愛いな』と思っている自分がいた。

二人向かい合って飯など食っているときに、彼の伏せられた睫《まつげ》の長さにどきりとしたり、微笑《ほほえ》まれたときに唇の間から覗《のぞ》く形のよい白い歯に目が釘付けになったりする。

寮の風呂では、同じ湯船に浸《つ》かりながら彼の白い、きめの細かい肌がうっすらと上気する様子に思わず下半身に血が集まり、慌てて風呂を出てしまったこともあった。

会議室で二人で打ち合わせをしているとき、彼の茶色がかった瞳に見つめられると、思わずその場に押し倒し細い身体《からだ》を組み敷いて、無理矢理唇を奪いたくなる——ってそれじゃビヨーキじゃないか、と思うくらいに、俺は坂本に参ってしまっていたのだった。

ただ『好き』というだけじゃなく、欲情をも感じていることが、我ながら信じられなかった。気づかれればきっと、どん引きされるとわかるだけに俺は、できるかぎり坂本には悟られぬよう、ごくごく自然に彼と接していた。

努力の甲斐《かい》あってか、坂本は俺のヨコシマな想いに気づくことなく、彼に仕事の指導をしているのが俺ということもあって、仕事上でもプライベートでも何かと頼りにしてくれ、オンやオフの色々な相談事を持ちかけてくるようになった。

おかげで俺は、彼が学生時代から付き合ってきた彼女と最近別れたことも知っていたし、今現在、取引先の総合職の女性に言い寄られて参っていることも知っていた。

いよいよその女性総合職の『攻撃』が佳境に入り、一緒に食事に行こうと猛烈に誘われて困っている、と坂本から相談され、2×2で合コンに持ち込め、と俺はアドバイスしてやったのだが、坂本はその『合コン』にも来てもらえないかと俺に懇願した。

「ご迷惑とは思うんですが、東野《ひがしの》さんが来てくれれば本当に心強いので……」

お願いします、と坂本に何度も頭を下げられ、提案したからには責任をとらないとな、と俺は、今夜その『合コン』に付き合ってやったのだった。

件《くだん》の女性総合職は、俺が想像した『猛烈な』タイプとはちょっと違う、楚々《そそ》とした美人だった。愛想はいいが、ちらちらと性格のキツさが垣間見える。俺だったら喜んで誘いに乗りそうな女性だったが、もしかしたらそのキツい性格が坂本には気に入らなかったのかもしれない。

なんとしてでもツーショットに持ち込もうと、敵はなかなかいい粘りを見せた。作戦も完璧といおうか、連れてきた女の子は万人受けする可愛い子ちゃんで、総合職美人に頼まれているのか、いかにも俺と二人になりたそうな秋波を送ってくる。

うっかり女性側の『作戦』に乗りそうになったが、坂本が子鹿のような瞳で救いを求めてきたのに、いかんいかん、と我に返ることができ、もうこうなったらひたすら飲んで時間を稼げ、という長期戦となった。

深夜二時に『敵』はようやく白旗を掲げてくれ――早い話が、坂本とのツーショットは諦《あきら》め、家に帰ると言ってくれ、俺たちはタクシーに酔っ払った美女二人を押し込み、なんとか持ちこたえた喜びを共に称《たた》え合いつつ、自分たちも寮に帰るべくタクシーに乗り込んだ。

「ほんっと、助かりました。ありがとうございました」

酔いに紅潮した頬《ほお》を俺に寄せるようにして坂本が頭を下げるのに、

「気にするなって」

と答えながら、俺もまた酔っ払っていたせいもあり、ついそんな彼の肩を摑《つか》んでしまった。

「先輩？」

顔を上げて俺を見上げる坂本の瞳が、やはり酔いのために酷《ひど》く潤んでいる。

どきり、と俺の心臓と、下半身が同時に脈打った。タクシーの中だというのに、思わずそのまま彼をシートに押し倒そうとして——慌てて我に返ると、

「気にするなって」

と同じ言葉を繰り返し、ぽんぽんとその肩を叩《たた》いて誤魔化した。

「ありがとうございます……？」

坂本は一瞬、不審そうな顔をしたが、すぐに笑顔になりまた「助かりました」と繰り返した。

気づかれなかったかとほっとしつつ、その後寮に着くまでの間、俺は彼と飲み会の席の話題やら、今後の対応やらをあれこれ話して過ごした。

二時半を回る頃、ようやくタクシーは寮に到着した。支払いをすませ車を降りる。一応先

輩だし、とタクシー代を持とうとしたが、礼として自分が払う、と坂本は頑張った。

「それなら、割り勘にしようか」

金額的にも全額負担はちょっとキツかったので、結局半分出してもらう——というやり取りを廊下でしたあと、「それじゃ」と別れるはずが、なぜか坂本は俺のあとについてきて部屋の中まで入ってきた。

バタン、と坂本の背でドアが閉まる。

「どした？」

まだ何か話があるのかな、と酔った頭で思いながらも、こんなベッドしかない狭い部屋ではまた妙な気分になってしまうじゃないか、とできるだけ綺麗《きれい》なその顔を見ないようにして、入り口に佇《たたず》む彼へと俺は問いかけた。

「…………」

俺の問いに答えることなく、坂本がかちゃり、と音を立て、後ろ手でボタン錠をかける。俺はまたどきりとして、無言のままドアを背に俯《うつむ》いている坂本の姿を見つめていた。

やがて俺の視線の先で、坂本がゆるゆると顔を上げ、潤んだ瞳を向けてくる。

「先輩……」

形のいい唇の間から掠《かす》れたような声が発せられる。色気のあるその声を聞き、俺の心臓と下半身はまた、どきりと大きく脈打った。

「……なんだよ」

答える俺の声も掠れてしまったが、それは勿論カラオケを歌いすぎたせいなどではなかった。頭に血が上り、わんわんと耳鳴りまでしてきた自分を情けなく思いつつも、俺はごくりと唾《つば》を飲み込み、坂本へと一歩足を進めた。

「先輩……」

坂本も扉から背を離し、ゆっくりと俺へと近づいてくる。そのまま二人して向かい合い、見つめ合ううちに、どちらからともなく互いの手が伸び、それぞれの腕を摑んでいた。

「先輩」

坂本の掌《てのひら》の熱さを腕に感じる。もう我慢できない、と俺は堪《たま》らず彼を傍《かたわ》らのベッドへと押し倒した。

「先輩」

坂本は少しも驚く素振《そぶ》りを見せなかった。煌《きら》めく瞳で俺を見上げていた彼の、ぷっくらとした女のように可愛い唇が開き、思いもかけない言葉がそこから放たれる。

「好きです」

「え?」

驚いたあまり俺は思わず彼の上から飛びのいてしまっていた。

あまりにも安直なこの展開——まさか夢オチ? と軽く頭を振ってみる。

「先輩……」

と、坂本の手が伸びてきて、俺の腕を摑んだかと思うと、あっという間に俺は彼の寝ていたベッドへと引き戻されてしまっていた。案外力が強い、と驚いたのも束の間、坂本が体勢を入れ替え、俺の上へと乗ってくる。

「先輩も僕のことが好きなんでしょう？　気づいてましたよ」

惚《ほ》れ惚れするような微笑を浮かべ、坂本がまたもや思いもかけない言葉を告げる。

「……え？」

意外さから、本当に聞いたとおりの言葉を言われたのか信じられず、聞き返そうとする俺へと坂本はその美しい顔を寄せてくると、

「好きです」

と囁《ささや》き、いきなり唇を唇で塞《ふさ》いできたのだった。

「……っ」

まさに青天の霹靂《へきれき》。俺はもうびっくりしてしまって、反射的に両手で彼の胸を押しやろうとした。が、坂本の身体はぴくりとも動かず、逆に俺の両手首を捕らえると頭の上で押さえつけ、貪《むさぼ》るようにその舌で俺の口内を侵しはじめる。

「……やめ……っ」

息苦しさを覚え、呼吸を取り戻すべく必死で顔を背けようとするのだが、彼の唇はどこま

でも追いかけてきて俺の唇を塞ぎ続けた。

　何かがおかしい――懸命に抗《あらが》いながらも俺は、こうして自分に伸《の》し掛かってきている男は本当にあの坂本なのだろうかと首を傾《かし》げずにはいられないでいた。

　いよいよ苦しくなってきて、許してくれ、と首を横に振る。と、坂本はようやく唇を解放してくれたが、やはり彼のアクションは俺の思っていたものとはまるで違った。

「狡《ずる》いですよ。あれだけ誘っておいて、お預けだなんて」

　俺の手を押さえ込んだままの体勢で、そう口を可愛く尖《とが》らせる。

「お、おあずけ??」

　普段の坂本なら、『すみません』とか『ごめんなさい』とか――一緒だ――腰低く詫びてくるはずだった。が、今の彼は、さも俺側に非があるかのようなことを言い、しかも先輩を押し倒しておいて、上から退《ど》こうとしない。

　その上『お預け』ってなんだ、と鸚鵡《おうむ》返しにしてしまいはしたが、ふと見上げた先、視界に飛び込んできた坂本の瞳がきらきらと美しく輝くさまに、思わず見惚《みと》れてしまった。

　やっぱり綺麗だ――瞳の星が、俺の観ている前で、すうっと吸い込まれていく。彼が微笑みに目を細めたせいだったのだが、そうと気づくと同時に俺は、坂本が今、俺に見せたこともないような不敵な笑みを浮かべていることにも気づいてしまった。

「責任とってもらわないとね。ほら」

はっとした俺の顔を見て、坂本はまた不敵に笑うと、掴んでいた俺の手を引き、なんと彼の下半身へと無理矢理押し当てさせた。

「おいっ」

慌てて手を引こうとしたが、既に坂本の雄が熱く硬くなっていることに気づいてしまい、ぎょっとして顔を見上げる。

「タクシーの中から我慢するの、大変だったんですよ」

坂本はまたニッと笑うと、片手で俺の両手を押さえ込み、もう片方の手で俺のベルトを外し始めた。

「おいっ」

今や俺は、すっかりパニックに陥ってしまっていた。自分の身に何が起こっているのかまるで把握できず、おかげで抗うことも忘れている間に、坂本は俺のスラックスを脱がし、下着までなんの躊躇《ためら》いもなく引き下ろしてしまった。

そうして俺の下半身を裸に剝くと、坂本は、ふふ、とまた小さく微笑んで、ごく当然のように俺の雄を握り込んだ。

「な、何やってるんだっ」

直《じか》に触られ、さすがに今、置かれている状況を把握した俺は、彼の手を逃れようと必死で身体を捩《よじ》った。

「何って……見りゃわかるでしょう」

坂本は呆《あき》れたようにそう言うと、握った雄をいきなり扱《しご》き上げてきた。

「……っ」

信じられない彼の行為に、うそ、と思わず俺の身体が竦《すく》む。と、彼は押さえ込んでいた俺の手を放したかと思うと、いきなり下肢に顔を埋《うず》め、両手で俺の太腿《ふともも》を押さえ込みながら、雄を口に含んだのだった。

「……っ」

彼の舌のざらりとした感触を先端のくびれた部分に得、堪らぬ刺激に思わず息を呑《の》む。直後に始まった巧みすぎる口淫に俺はまたも現況を忘れてしまいつつあった。

昂《たか》まりに昂まりまくる中、ふと見下ろすと、坂本の茶色がかった髪が蛍光灯の光を受けて煌いている。綺麗だな、と、こんなときであるのに呑気《のんき》すぎる感想を抱いていた俺の視線に気づいたのか、坂本が俺を咥《くわ》えたまま顔を上げた。

かちりと音がするほどはっきり視線が合う。と、坂本がにやりと笑い、手で竿《さお》を一気に扱き上げた。

「……やめ……っ」

ろ、と言うより前に、俺は彼の口の中で達してしまった。

「……………」

ごくり、と喉《のど》を鳴らし、坂本が俺の放った精液を飲み下す。生々しいその音がやけに大きく室内に響き、羞恥やら何やらで、俺はもうどうしたらいいのかわからず、そのままシーツに顔を埋めてしまっていた。

坂本は暫《しばら》く俺の雄を、まるで清めようとでもするかのように舐《な》め上げていたが、やがて身体を起こすと俺の両腿を摑み、脚を広げさせた。

「な……っ」

ぼんやりしている場合じゃなかった、と慌てて彼を見上げると、坂本は俺に伸し掛かってきながら、

「気持ちよかったでしょ？」

と笑ってみせる。

『可愛い‼』

社内外の女性陣がそう絶賛する爽《さわ》やかな微笑みと、直後に彼が口にした言葉のギャップに、俺はやはり今起こっている一連の出来事が現実だと信じることができず、ただただ彼を見上げていた。

「先輩いい顔するんだもの……僕、もう我慢できませんよ」

坂本はそう言ったかと思うと、手を俺の両脚の間からすっと後ろへと滑らせた。

「ゴムないんですけど……挿《い》れてもいいですよね」

ふふ、と笑い、いきなり俺の後ろを指でなぞる。

「なっ」

必死で身体を捩ろうとしたが、坂本に押さえ込まれてしまって身動きすらできない。こいつ、こんなに力があったのかと改めて顔を見上げた俺に彼は、

「大丈夫、僕、遊んじゃいませんから。ビョーキなんて持っていませんからね」

そう言ったかと思うと、いきなり後ろに指を捻《ね》じ込んできた。

「痛っ」

俺の脳裏に、昔ふざけて犯されかけたときの状況が急激に蘇《よみがえ》ってきた。あのときは先っぽくらいが挿入されかけただけだったが、それでも死ぬほど痛かった。

痛い、痛いと騒いだせいで未遂に終わったわけだが、またあんな目に遭うのか、と思っただけで恐怖の念が湧《わ》き起こり、堪らず悲鳴を上げてしまった。

声が大きすぎたのか、坂本は一瞬、驚いたように俺を見下ろしたが、すぐ、

「まだ痛くはないでしょ？」

と呆れてみせ、強引に指を奥まで挿入させた。生じたあまりの違和感に唇を噛《か》み、気持ちの悪さを堪《こら》える。

「ほら、ここが前立腺……ほんと、すぐ勃《た》ちますすねえ」

入り口近くのコリッとした部分を彼が指で押すと、驚くべきことに本当に俺の雄は、また

びくりと脈打ち、坂本の言葉どおり勃ってきた。

魔法みたいだ、とそんな場合じゃないのに感心してしまう。坂本は指をゆっくりと俺の中で動かしながら、

「ほんとはね、潤滑油代わりになんか使ったほうがつらくないとは思うんですけどね……」

そう言い俺を見下ろすと、にっこり微笑み問いかけてきた。

「でも……そんなもの取りに行ってる間に、先輩逃げるでしょ？」

「当たり前だろっ」

思わず怒鳴り返すと、坂本は「でしょ？」と笑い、

「だからね、ちょっと辛抱してくださいね」

と言ったかと思うと、俺の後ろから指を引き抜き、身体を起こした。片手で俺の脚を更に持ち上げながらもう片方の手で自身のファスナーを下ろし、既に勃っていた雄を取り出す。


で、でかい――。


顔に似合わぬ雄のあまりの見事さに、目が釘付けとなる。考えてみたら、勃起した状態の彼のブツなど見たことがなかったので――当たり前か――ここまででかいとは知らなかった。

アイドルみたいな外見なのに、と驚いている場合ではなかった。坂本が俺の後ろを片手で

押し広げたかと思うと、その見事なブツをそこへといきなり捻じ込んできたのだ。

「……っ」

激痛が走った。そういえばこんな痛みだった、と犯されかけたときの記憶がまたも蘇る。

あのとき同様、なかなか奥までは入らないようで、坂本は、

「力抜いてくださいよ」

と囁き、俺の両脚を更に持ち上げて接合を図ろうとした。

「痛いったら痛いっ‼」

この状態でどうやって力を抜けっていうんだ、と叫び、なんとか苦痛から逃れようと暴れまくる。

「力抜かないから痛いんですよ」

俺の抵抗など屁でもないとばかりに坂本は笑うと、強引に俺の脚を引き寄せ、一気に奥まで貫いてきた。

「く……っ」

苦痛のあまり息が止まりそうになる。

「力抜いて……」

坂本が先ほどと同じ言葉を囁きながら、やにわに腰を打ち付けはじめた。

「痛っ……痛いっ！　痛いっ！　いたーいっ」

挿れられただけでも痛いのに、動かれることで苦痛が苦痛を生み、あまりの痛みに俺は闇雲に叫びながら、彼の動きを止めようとその肩にしがみついた。

俺のそんな行動に、彼は何か勘違いしたようで、にっこりと、それは愛しそうに笑いかけてきたかと思うと、更に激しく腰を使い始めた。

文字どおり閉じた目の奥で火花が散るような激痛に耐えられず、俺は彼の突き上げが続く中、いつの間にか意識を失ってしまったようだった。

「……ぱい？　先輩？」

ぺしぺしと軽く頰を叩かれ、うっすら目を開く。あまりにも近いところに坂本の端整な顔があり、どきりとしたあまり、思わず身体を引こうとして——身体に残る鈍い痛みに顔を顰《しか》め、小さく呻《うめ》いた。

「大丈夫ですか？」

心配そうに見下ろしてくる坂本の、子鹿のような茶色い瞳に、可愛いな、と見惚れそうになる。が、すぐに、そうじゃないだろ、と自身を律すると、

「大丈夫なわけないだろっ」

と彼を怒鳴りつけ、覆い被《かぶ》さっていた坂本の裸の胸を思いきり突き飛ばした。

あれ、裸の胸――?

さっきまで、確かに坂本は服を着ていたはずだが、と、はっとし、思わず自分の身体も見下ろして、俺もまた全裸で寝かされていたことに気づき愕然《がくぜん》となる。

いつの間に脱がしやがったんだ、と、すぐに体勢を立て直し再び覆い被さってきた坂本を睨《にら》むと、

「怖い顔しないでくださいよ」

全裸の坂本は涼しい顔でそう答え、狭いベッドの上で俺の身体を抱き寄せながら、そのまま掛け布団までかけようとしてきた。

「なにやってんだよ」

慌てて彼の腕から逃れようと俺が身体を捩ると、

「大丈夫です。今日はもう何もしませんから。さあ、一緒に寝ましょう」

坂本は俺を抱き寄せ、挙げ句に脚まで絡めてくる。

「ふ、ふざけるなっ」

冗談じゃない、と俺は彼の腕から逃れようと暴れた。

何が悲しくて強姦された相手と一緒に、しかも裸で、しかも脚まで絡められた状態で寝なければならないんだ、という俺の怒りは、坂本にはまるで伝わっていなかった。

それが証拠に彼は、俺のリアクションを見て、さも心外だといわんばかりに、

「だって東野さん、僕のこと好きでしょう？」

そう言い、手脚を絡ませることで抵抗を封じようとする。

「好きって……」

実際、そのとおりだっただけに、俺は言葉を失い、すぐ近いところにある坂本の顔を見上げた。

確かに俺は坂本が好きだ。その『好き』は勿論、セクシャルな意味でもあったはずなのだが――。

「好きだけど、これはちょっと……」

違う気がする、と思わず独りごちた俺の言葉を聞き、目の前の坂本が喜色満面となった。

「やっぱり僕のこと、好きなんですね」

まさに輝くような笑顔を見せた彼が、更に強い力で俺を抱き締めてくる。

「東野さんの視線はずっと感じてました。でもいっくら僕がモーションかけてもなかなか気づいてくれなくて、万が一にも、勘違いだったらどうしようと実は心配してたんですよ」

殆《ほとん》ど涙ぐみそうになりながら、満面の笑みを浮かべて俺を抱き締める坂本の顔を見上げ、可愛い、と輝く瞳に思わず見惚れてしまう。

「よかった！　僕たち、相思相愛じゃあないですか！　ああ、ほんと、僕は幸せ者です！」

本当に嬉《うれ》しげな声でそう言うと、坂本が唇を落としてきた。突然のことに唖然《あぜん》としたせいで、開いてしまっていた俺の唇の間から舌を捻じ込んだかと思うと、俺の舌を求めて力強く口内を侵しまくる。

強引すぎるキスに、つい腰が引けてしまう。

確かに俺は坂本が好きなんだけど、なんていうかこれじゃあ立場が逆というか——俺が坂本を押し倒すところは何度も想像したが、彼に押し倒された挙げ句に突っ込まれる、という状況は、今まで考えたこともなかった。

どうにも納得できないでいる俺の気持ちなど全く無視し、坂本は貪るような口づけを続けている。ふと気づくと彼の右手が俺の雄を握っていた。

「おいっ……」

そのまま扱き上げられそうになり、何もしないと言ったじゃないか、と無理矢理唇を外し抗議の声を上げると、

「何もしませんってば」

坂本が苦笑しつつも、うっとりとした顔でこう告げる。

「本当に僕は幸せ者ですよ」

相思相愛——それがわかった今、俺だって幸せを噛み締めていいものなのに、なんとなくしこりが残る、と、ゆるゆると雄を扱き始めた坂本を睨む。

「……何もしないって言ったろ？」

「また、いくときの顔、見せてくださいよ」

坂本は俺の睨みなど軽く流してにっこりと微笑むと、『何もしない』どころか俺としっかりと目を合わせたまま、更に激しく俺を扱き上げてきた。

「この嘘つきが……っ」

俺の抗議の声が空《むな》しく室内に響き渡る。

こうして図らずも両想いになった俺たちの日常が始まることとなった。

2

「あ、やっぱりいた」

ガラリと磨《す》りガラスの引き戸を開け、一人湯船に浸かる俺に笑いかけてきたのは、さっきまで同じベッドで寝ていた坂本だった。

「酷いなあ。起こしてくれればいいのに」

口を尖らせながらざっと湯をかぶり、坂本が湯船の俺の隣へと入ってくる。

寮の風呂は二十四時間、いつでも入れるようになっていた。朝風呂常連も結構いるはずなのに、まだ六時と早い時間だからだろうか、今浴室にいるのは坂本と俺だけだ。

「こんな早くに起こすのは悪いと思ったのさ」

本当は彼との『裸の付き合い』はベッドだけでもうカンベンしてほしい、と思ったがゆえに誘わなかったのだが、正直に言うこともあるまい、と、大人の対応をしつつ湯船を出ようとする俺の手を坂本はがしっと摑むと、

「一人で風呂に行くほうが悪い」

と強い力で自分のほうへと引き寄せてくる。

「おい、やめろよ。こんなところで……」

引き寄せるどころか、後ろから抱き締められるような体勢になってしまったことに、俺は慌てて彼の腕から逃れようとし、湯船の中で暴れた。

「危ない！　溺《おぼ》れますよ？」

慌てっぷりが可笑《おか》しかったのか、坂本が笑いながらますます強い力で抱き締めてくる。

「誰か来たらどうするんだっ」

それを恐れ俺は湯船の縁に手をついて、必死で風呂から出ようとした。

「来ませんって」

なんの根拠もないだろうに、坂本はそう囁くと、あろうことか風呂の中で俺の雄をやんわり握ってきた。

「来るって」

慌てて湯船の縁に置いた手を中へと戻し、ゆるゆると雄を扱き始めた彼の片手を摑んでやめさせようとする。

「鍵かけてきましたから」

『誰も来ない』という坂本の発言に根拠はあった。しかしあり得ないだろう、と思わず彼を振り返る。

「かぎっ⁈」

「だって人が来たら困るでしょ」

坂本はさも、妙案でしょう、とでもいうようににっこりと微笑むと、振り返ったことで少し浮いた俺の身体を引き寄せ、自分が胡座《あぐら》をかいていたその上へと座らせようとした。

「馬鹿かっ」

信じられない。一体何を考えているんだ、と呆れ果てはしたが、片手でがっちりとホールドされた上で、もう片方の手で雄を扱き上げられては、声を堪えて俯くことしかできなくなった。

背中に坂本の意外に筋肉質な胸が当たり、彼の速い鼓動を伝えてくる。すっかり興奮しているらしく、彼の雄は既に勃起していた。

太腿の外側に当たる、湯よりも熱いその感触でそうと察してはいたが、彼がいきなり俺の身体を持ち上げ、それを後ろへと挿入させようとするのには仰天して思わず、

「おいっ」

と再び彼を振り返り怒鳴りつけた。

「え？」

坂本が不思議そうに目を見開く。

「『え』じゃなく……っ」

よせ、と言おうとしたときには、坂本は強引に自身の雄を俺の後ろに捻じ込みかけていた。

「やめ……っ」

堪らず悲鳴を上げた俺の腰を両手で摑み、そのまま力ずくで自分の上へと座らせる。

「……っ」

一気に貫かれたのと同じことになり、思わず息を呑むと再び湯船の縁を摑んで身体を支えようとした。湯の中だからか、普段よりも苦痛はない。が、内臓がせり上がるほど奥深いところに異物を突き立てられる感触は、決して心地よいものではなかった。

「一回やってみたかったんですよ。風呂の中で」

坂本が背後から耳に口を寄せ、やたらとうっとりした口調で囁きながら、再び手を前へと伸ばすと俺の雄を摑んで扱き上げる。

「こ、公共の場で……っ」

彼を叱咤しようとした声が掠れてしまったのは、巧みな手淫のためだった。

「湯の中では出しちゃ駄目ですよ」

坂本は俺の注意など全く無視すると、

「立ち上がったほうがいいですかね」

そう言い、俺の身体を抱えるようにして、湯船の中で繫《つな》がったまま立とうとした。湯の中に倒れ込むのが怖くて仕方なく俺も、湯船の縁に手をつきよろよろと立ち上がる。

「動きますよ」

そう言うか言わないかのうちに、坂本はいきなり腰を使い始めた。

「……っ」

訪れる苦痛に眉を顰《ひそ》め、湯船の縁を握り締める。背後から坂本が俺の顔を覗き込んでくる気配がした。と同時に、いきなり俺の雄を扱く手の動きが速くなる。

「……やめろ……っ」

叫んだ瞬間、俺の中で坂本が達したのがわかった。そのあとも彼は俺自身を扱き続け、おかげでやや遅れて俺も彼の手の中で達したのだったが、自分の精液が湯船の外、タイルの上へと飛び散るさまを、肩で息をしながら見やる胸には、なんともいえない思いが溢《あふ》れていた。

「抜いても大丈夫ですか？」

坂本が荒い息の下、耳元に囁いてくる。何が大丈夫なのか、と訝《いぶか》りつつも、俺が黙って頷くと、彼はそっと俺から身体を離した。

ずるりと雄が抜かれる感触——悪寒《おかん》に近いその感触に眉を顰めた俺の身体を、坂本はくるりと返すと、そのまま湯船の縁へと座らせる。

途端に俺の後ろから彼の残滓が流れ出て、湯を汚さないかという意味の『大丈夫』だったのか、と俺が今更察している間に、坂本はそれに湯を浴びせ、外へと流した。

「……よかったですよ」

後始末を終えた坂本が俺の前に立ち、屈《かが》み込むようにして唇を合わせてくる。と、そのと

き外で、ダンダンダン、と扉を叩く音が聞こえたかと思うと、

「誰だ？　鍵なんてかけた奴は？」

と騒ぐ声が響いてきた。

「……っ」

「やば」

俺たちは顔を見合わせた直後に、それぞれ湯船から飛び出ると、俺はシャワーに走り、坂本は鍵を開けに向かった。

「なんだなんだ、坂本か？　鍵なんてかけやがって」

「すみません、ちょっと寝ぼけてまして……」

磨りガラスの外で坂本が頭を下げている相手は、朝風呂の常連、六年目の柳《やなぎ》さんのようだ。見つからないでよかった、と安堵《あんど》すると同時に、朝から一体何をやっているんだか、と自分の前と後ろをシャワーで流しながら俺は、激しい自己嫌悪に陥っていた。

やがてガラガラと戸を開け、思ったとおり、柳さんが入ってくる。

「なんだ、東野も入ってたのか」

おはよう、と笑いかけてくれた彼の顔をまともに見ることができず、俺は、

「お先に」

と頭を下げると彼に続いて入ってきた坂本の横を擦り抜け、大浴場をあとにしたのだった。

「怒ってます？」

通勤電車の中、ラッシュのためにぴったりと身体を密着せざるを得ない状況下で、坂本が俺に囁いてきた。

「当たり前だろ」

人目を――人耳か――気にし、小さな声で答えると、できるだけ彼から身体を離そうと試みる。

「出来心です……もう二度としませんから」

そんな殊勝なことを言いながらも、混雑をいいことに坂本は更に身体を寄せようとしてきた。

「……どうだか」

だいたいこうして謝りながらも、彼の手は既に俺の腰に回っているのだ。まさに言動不一致、と彼を睨むと、

「やだな、信じてくださいよ」

と坂本が苦笑する。と、そのとき大きく電車が揺れた。思わずバランスを失い倒れそうに

なるほどの急停車ではあったが、坂本が腰に回した手でしっかりと支えてくれたおかげで、倒れるのを免れた。坂本本人は咄嗟《とっさ》に摑んだ吊り革でバランスをとったようだ。

「ね」

坂本は俺の顔を見下ろすと、にっこりと微笑みかけてきた。

なにが『ね』なんだかと、俺は溜《た》め息をつくと、惚れ惚れするような彼の微笑から目を逸《そ》らした。

坂本と俺とは一応『相思相愛』である——と思う。

相思相愛——そうなのだ。俺は確かに彼のことが好きだったのだ。茶色がかったその大きな瞳に見つめられると、ドキッと胸が高鳴るほどに、形のよいその唇が微笑みに綻《ほころ》ぶと、下半身が疼《うず》いてしまうほどに、性的な意味でも彼に参ってしまっていたのである。

彼もまた俺のことが好きだったという告白を期せずして受けたのは二ヶ月ほど前のこと。その幸運に酔うより前に、俺はいきなり彼に押し倒されたのだった。

そのままほぼ強姦のようにして抱かれ、彼が俺を『好きだ』という意味が、俺が彼を『好きだ』という気持ちと全く同じであったことに気づいて愕然とした。

つまりは、俺が彼を抱きたいと思っていたように、彼も俺を抱きたいと思っていたということで、そう言われても、と当初俺は、激しく取り乱した。坂本の可愛い顔立ちからは、とてもあんな荒々しい行為は想像できるものじゃなかったからだ。

身長はそう変わらない。が、体格は俺のほうがまだ勝っているのではないかと、実際身体を合わせるまではそう思っていた。だが、坂本はそのきめ細かな白い肌の下、躍動感溢れる筋肉を隠し持っていたのである。

俺もそれほど力がないわけではないが、強引に押さえ込んできた坂本の手を振り解《ほど》くことはできなかった。その瞬発力と力強さの前に俺は難なく身体を開かされ、十年ぶりに『あの』痛みを再び味わうことになってしまったのだ。

本当に痛かった。初めて犯《や》られかけたときもあまりの痛みに気を失ってしまったが、坂本に突っ込まれたときにも同じく、苦痛が高じて意識を失った。

彼が同期からその見事な雄ゆえ『黒バット』と噂されているなんてことは、こうして関係ができたあとに初めて知ったが、可愛らしい顔からはそれこそ想像できないくらいに彼の『それ』はでかかった。

相思相愛とわかってから、坂本はちょくちょく俺の部屋に泊まりに来た。俺の部屋は三階の角部屋で、隣の部屋にいた同期が先月結婚するために寮を出てしまったので隣室に音が漏れる心配はない。

とはいえ、そうも頻繁に出入りするのを人に見られたら、同じ部とはいえ年も違うし、やはり不自然だと思う、と坂本に言うと、

「気づかれるようなヘマはやりませんって」

と彼は全く意に介さず、あの子鹿のような可愛い瞳で俺をじっと見上げてきた。

「いつも一緒にいたいんです」

前の俺なら——それこそ、彼に犯られる前の俺なら、可憐な眼差《まなざ》しにころっと騙《だま》されていたと思う。が、『黒バット』の持ち主であるとわかった今、そうそう騙されなくなっていた。

「いつも一緒じゃないか」

おはようからおやすみまで、まさに朝飯から通勤、オフィスでも仕事がほとんど同じなので、打ち合わせも外出も、行動のすべてが俺と彼とはほぼ重なる。

「意味が違いますよ、意味が」

坂本は子供のように口を尖らせると——またこの顔が、殺人的に可愛いのである。作っているのはミエミエなのだが——いかにも不満そうに言葉を続けた。

「会社でいくら一緒にいたって、こうして……」

言いながら俺を引き寄せ、抵抗する間も与えずキスをする。

「キスだってできないし、それに」

続いていきなりベッドに押し倒し、

「もっと先までだって勿論できないし……」

と『もっと先』をするべく、俺のシャツのボタンを外そうとするのを、

「ふざけるなっ」

と怒鳴りつけ、彼の胸に手をついて力いっぱい押しのけようとするが、力では敵《かな》わず、そのまま服を脱がされて——という展開に毎度なってしまうのだ。

年上の威厳がなさすぎる上に、行為自体も正直しんどいため、一度でいいから、逆をやろうと——抱かせてくれと行為のあとに言ったこともある。

坂本は驚いたような顔をして腕の中の俺を見下ろしていたが、やがて、

「考えたこともありませんでした」

ぼそりとそう言ったあと、にやりと笑うと、

「試しにやってみます？」

とごろりと身体を返してベッドに仰向《あおむ》けになり、俺を腹の上へと導いた。

「キス……して」

互いに達したあとだったので、うっすらと上気した頬がまた色っぽい。薄目を開けた瞳を縁取る睫の先が微《かす》かに震えているのにも劣情をそそられ、思わず彼の唇を貪ろうと唇を落とした次の瞬間、いきなり視界がぐるりと回った。

「わっ」

それが、坂本が不意に身体を起こし、俺の背を支えつつ体勢を入れ替えたせいだと気づいたときには、俺はベッドの上で組み敷かれ、それこそ唇を貪られていた。

話が違う、と両手で彼の肩を掴み、力いっぱい押し上げる。坂本は俺から唇を離すと、

「やっぱりこっちのほうがハマってますよ」

と再び不敵な笑みを返し、

「ずるいぞっ」

と騒ぐ俺の抵抗を軽々と封じると、そのまま第二ラウンドへと突入されてしまった。

――というように、いつも最後はなし崩しに彼主導の行為へと持ち込まれてしまう、そんな日々がこのところずっと続いていた。

「少しでも早く東野さんに慣れてほしくて」

習うより慣れろですよ、と誰に何を習うんだという俺のツッコミを無視し、坂本はまず回数をこなしましょうと隙《すき》さえあれば俺を押し倒そうとする。

慣れろと言われても簡単に慣れるもんじゃない。後ろを触られるだけでもどうしても身体が強張《こわば》ってしまうのは、もしかしたら高二のときに悪ふざけが高じて犯されかけたあの日のことが、自分では意識していないもののトラウマになって残っているのかもしれない。

「大丈夫ですから……力、抜いてください」

行為の最中、坂本がどんなに優しい口調で囁いてきても、そして頭では力を抜いたほうが自分も楽だとわかっていても、実際挿入されるときには未《いま》だに俺は苦痛しか感じることができず――って、快感になってしまうのもそれはそれで問題のような気がするが――彼に組み敷かれるたびに俺はその先にある苦痛を思い、回数を経るごとに慣れるどころか逆に身体が竦みそうになりつつあった。

勿論坂本のことは嫌いではない。肌を合わせるのも、キスするのも、はじめこそ驚いたがそんなに嫌ではないのだ。

もともと俺だって、彼にキスしたいとか、抱きたいとか思っていたわけなのだから、その行為自体に嫌悪感はないはずだった。

まあ、俺のほうが抱かれる立場になろうとは思いもしなかったのだけれど、それがこんなに苦痛を伴うものであるのに拒絶できないのは、俺がやっぱり坂本を好きだからだと思う。茶色がかったあの瞳に熱く見つめられると、思わず手を差し伸べてやりたくなってしまうのだ。

抱き合うようになってからわかった、意外に強引なその性格も、時折見せる意地の悪い顔も、それでいて常に俺の身体へのいたわりを忘れない所作も好きだった。

彼の強引さにむかつくことも多かったけれど、それでもあの笑顔を見てしまうと、文句を言いつつも結局すべて許してしまっている。そんな情けない自分がいる。

そういうわけで、今朝も俺は、簡単に風呂での一件を許し――勿論、今後は一切禁止と約束させた。朝っぱらから体力を消耗していられないし、何より周囲にバレるという意味でリスクが高すぎる――二人仲良く肩を並べて出社した。

今日の予定をチェックしながらメールを開くと同期から合コンの誘いがきている。元読モ

という美味《おい》しい話に思わず、

『行く行く』

と返信しようとした俺の背後で、咳払《せきばら》いが聞こえた。え？　と思って振り返るとそこには坂本が立っていて、いつの間に後ろに回り込んだんだ、と慌てる俺にドスのきいた声で囁いてきた。

「『行かない』でしょ？」

「……はい」

言い忘れたが坂本は勘もいい。それが『近来稀に見る』仕事の出来に繋がっているのかもしれない。

坂本は溜め息交じりに俺が『悪い、残念だが先約が』と返信するのを確認後、よしよし、というように頷《うなず》いて自分の席——新人の彼に仕事を教えるために、席は俺の隣だった——へと戻っていった。彼は勘がいい上に、押しも強いのである。

「目ざといよな」

とぼそりと俺が呟《つぶや》くのが聞こえたのか、

「にやにやしてるからですよ」

坂本もまたぼそりと返すと、まるで何事もなかったかのように予定表を見ながら違う話を振ってきた。

「今日は九時半に三友商事《みともしょうじ》の山本《やまもと》さんが来るんでしたよね」

「そうそう、山本さん、今月末で転勤になるらしいんだよね。後任連れてくるんだったな」

「大阪でしたっけ。ご本人が大阪出身だから異動は嬉しいかもしれませんね」

山本さんは俺が入社したときからの付き合いだったので、彼の異動は俺にとっても感慨深かった。本当にいい人で、右も左もわからぬ新入社員の俺をさりげなくフォローしてくれる心優しい商社マンだったのだ。

俺の勤めている会社は大手といわれる電機メーカーだ。家電のイメージが強いが、俺の所属している部署は昇降機営業一部――エレベーターを国内に販売する部である。

販売先はビルの持ち主――所謂《いわゆる》施主と、建設会社、そして仲介の労をとってもらう商社になるのだが、同じセクションに十年近くいる山本さんは、新人の俺よりも商品知識が豊富で、当時俺は何度も施主の前で彼に助けてもらっていたのだった。

後任というのはどんな人なんだろうと思いつつ、恩には恩で報いないとな、などと殊勝なことを考えていると、

「いらっしゃいました」

と隣の坂本から声をかけられ、慌てて立ち上がった。見ると確かにフロアの入り口には山本さんが後ろに誰かを引き連れにこにこ笑いながら立っている。

「お茶頼むな」

向かいの席のアシスタントである同期の吉崎《よしざき》に言い置いて、坂本と二人して彼らへと向かう。

「どうも」

山本さんは頭を下げながら後ろに立つ長身の男に目をやった。彼の視線を追い、俺も後任と思しきその男を見たのだが、次の瞬間思わず、

「中条《なかじょう》！」

と男の名を叫んでいた。山本さんと坂本がびっくりしたように俺を見る。

「……久し振り」

男は——中条は、俺の顔を見返すと、にっこり微笑みかけてきた。

「なになに、知り合い？　嘘だろ？」

今ではすっかりお友達口調になっている山本さんが俺たちに声をかけてくる。俺はそれで我に返ることができ、

「と、とりあえず応接室へ」

と山本さんの前に立って歩き始めた。

「なんだお前、東野さんのこと知ってるの？」

後ろで山本さんが中条に囁く声が聞こえる。知り合いも何も彼は俺の高校の同級生であり、そして——。

「ええ、会うのは十年ぶりくらいですが……」

中条が答える声も俺の耳に届いていた。

「奇遇だなあ。ねえ、東野さん」

話しかけてくる山本さんを振り返り、

「本当にもう、びっくりしましたよ」

と笑顔を向けると俺は、ちょうど到着した応接室の扉を開いて二人を中へと誘った。

びっくりしたなんてもんじゃあない。中条は――。

「同級生？」

山本さんたちの後ろを歩いてきた坂本が、すれ違いざまに小さく囁いてくる。黙ってその問いに頷くと俺は笑顔のまま下座のソファに座り、目の前の中条を見やった。

会うのは十年ぶりくらいになるが、外見は昔とそれほど変わってはいない。高校三年で俺は私大コース、中条は国立コースと別れて以来、わけあって殆ど没交渉になっていた。

その彼とこんな形で対面するとは――と感慨深く思っていると山本さんが、

「なになに？　どういう知り合いなの？　十年ぶりってことは高校の同級生？」

と好奇心を隠そうともせず尋ねてきた。

「ええ。高二のときに同じクラスだった……な？」

と中条に同意を求める。

「はい」

そうです、と山本さんに笑顔で答える中条の横顔を見ながら、俺は思い出さなくてもいいことまで思い出しそうになり、いかんいかん、と軽く頭を振った。

思い出さなくてもいいこととは——中条は、高二のとき三人がかりで俺を犯しかけた悪友の一人だということだった。


高二のとき、俺たちは——中条と俺、あとは三好《みよし》と坂田《さかた》の四人は、つるんでよく遊んでいた。

私服に着替えて雀荘に行ったり、坂田が親の転勤のために一人暮らしをしていたのをいいことに、まあ、時効だろうから言ってしまうと彼の家で酒を飲んだり、それこそアダルトビデオを見たりしていたのだが、高二の春休みに俺はその坂田の家で調子に乗った彼らに輪姦《まわ》されかけたのだった。

酒も随分入っていた、そのせいもあったと思う。結局は未遂に終わったのだが、あれ以来、多少ぎくしゃくすることがなかったとはいえないものの、坂田と三好とは三年になっても私大コースでクラスも同じだったこともあり、いつの間にかそれまでどおりの付き合いが復活した。

だが一人クラスを離れた中条とは卒業までなぜかぎくしゃくしたままで、それぞれの大学に進んでからはすっかり縁が切れてしまった。

坂田や三好とも大学は違ったが未だに時々集まって飲んだりする。彼らもまた中条とは全く付き合いがなくなったらしい。

犯られかけた俺が彼を避けるなら話はまだわかるが、なんで犯ろうとした中条が俺を避けるんだ、と当時は随分むかついたものだったが、まあまあ、と他の二人に諌《いさ》められ、そっちがそのつもりならもう知るもんかと意地になって、こちらからは一切連絡を取るのをやめてしまった。

その中条が、これから密に連絡を取り合わなければならない取引先の窓口になるとは、ついてないといおうかなんといおうか――そんなことをつらつらと考えていた俺は、

「同級生なら気心が知れてるでしょ。よかったねえ、お互いに」

とニコニコ話しかけてきた山本さんに向かい、

「そうですねえ」

と慌てて愛想笑いを返したあと、

「よろしくな」

と、とってつけたように中条に向かっても笑いかけた。

「こちらこそ」

中条も同じように俺に微笑み返す。その笑顔が高校時代とまるで変わらないことに気づいた俺の中で、一気に十年の歳月が逆行した。

でかい図体をしているにもかかわらず、中条はこんなふうにいつも『はにかんだような』顔で笑っていたのだ。ああ、懐かしいな、と心から思いながら俺は再びそんな中条に、

「よろしく」

と今度は『愛想』のつかない笑顔を向けたのだった。

これから各社に挨拶回りに行くんだという二人を見送ったのは、それから十分ほどあとのことだった。

エレベーターが来るのを待ち、それじゃあまた月末の歓送迎会で、と頭を下げる。

「同級生?」

彼らの乗ったエレベーターの扉が閉まると同時に坂本が耳元で囁いてきた。

「そうだよ」

高二のときに犯されかけた男だなんてことまで言う必要は勿論ないので、淡々と頷く。坂本はふうん、と口の中で呟くと、

「仲良かったんですか?」

と問いを重ねてきた。

「うーん、二年のときまでは結構よく遊んだけど、会うのは十年ぶりくらいだよ」

これは本当だ。俺は今日中条に会うまで、言っちゃ悪いが彼のことを思い出しもしなかった。それは彼も同じだろう——って知らないけど。

「……ふぅん」

坂本はまだ何か言いたそうな表情で俺の顔を見ていたが、チン、とエレベーターの戸が開いてわらわらと人が降りてきたので、それを機に俺たちは席へと戻った。

席に戻るとメールが来ている。誰だ？　と思って開くと、なんと前の席に座っている同期の吉崎だった。

『三友商事の新担当者！　めちゃめちゃかっこいいじゃん。同級生だって？　合コン希望、よろしくね』

俺は一気に脱力して目の前で、えへへ、と笑う吉崎を睨むと無言でキーを叩いた。

『自分で誘いなさい』

そして送信。と、すぐに返信があって、

『冷たいこと言わないでよ。同期じゃん。たまには私のためにひと肌脱いでくれてもいいんじゃない？』

とまた吉崎。本当に、目の前にいるのに俺たちは何をやってるんだろうと思いつつ、俺もそのメールに返信し、

『それなら三十日の歓送迎会に来るか？　中条もきっと来るぜ。お前の大好きな木崎《きざき》部長も一緒だけどな』

と彼女の大嫌いなウチの部長の名前を入れてやる。途端に、目の前でむっとした顔になった吉崎が物凄《ものすご》い勢いでキーを叩き、すぐに返信が来た。

『そんな意地悪言うと、接待伝票経理に回さないよ』

文面を見て、思わず、

「おい……っ」

と声を上げそうになった俺のところに、またどこかからメールがくる。え？　と思いつつ開くとそれは坂本からで、

『さっきからなに、チャットみたいなことやってるんですか。それはともかく、中条さんとは本当にただの同級生？』

という鋭いツッコミ。

どいつもこいつも、と俺はパソコンの前で大きく溜め息をつくとそれぞれに、

『機会があったらセッティングさせていただきます』

『ただの同級生でございます』

と返信すると、

「外出してきます」

と立ち上がり、

「どこ行くんですか?」

という坂本の声を背中にフロアを駆け出したのだった。

「待ってくださいよ、東野さん」

坂本はすぐにあとを追ってきた。

「なんだよ」

面倒くさいな、と振り向きもせず問い返す。

「どこに行くんですか?」

俺と肩を並べて歩きながら、坂本が同じ問いを繰り返し、顔を覗き込んできた。

「品川。あそこの現場所長、顔出さないと煩《うるさ》いだろ? 手土産の一つも持って行っておこうと思って」

それは本当だった。そろそろ行かないとやばいな、と昨日から考えていて、今日の午前中の空いている時間で行こうと思っていたのだ。が、坂本は何を深読みしたのか、

「ほんとに?」

と尚も俺の顔をまじまじと覗き込んでくる。

「本当だって!」

俺は思わず足を止め、彼を怒鳴りつけていた。

坂本がこんなに独占欲の強い男だということは、付き合ってみるまで——今の状態を『付き合う』といってよければだが——知らなかった。

今までこいつと付き合った彼女——か彼かは知らないが——は、どうやって乗り切ってきたのだろう、と思うほどに、坂本は俺の予定のすべてを知りたがった。

彼の偉いところは、他人に厳しいだけでなく自分にも同じように厳しいところで、二ヶ月前に俺に好きだと告白して以来、誘ってもらっても一切合コンには顔を出さないと宣言したらしい。

おかげで俺は一年下の平野に泣きつかれ——人寄せパンダじゃあないが、坂本が来ると来ないとでは女の子の集まりが違うらしい——たまには誘いに乗ってやれよ、と彼の前で坂本に意見をする羽目になった。

「僕、ひと筋なもので」

だが坂本が天使の微笑みを浮かべてそう答えたものだから、平野の口から噂は広まり、一体坂本の彼女はどこの誰だ、社内か、社外かと随分噂になったのだった。

そのあと二人になると、坂本は途端にむっとした顔になり、

「なんで東野さんが僕に『合コン行け』なんて言えるんです？」

と散々俺を責め立てた。一応謝りはしたものの、別に合コンくらい、付き合いの一環じゃないか、と思う自分と彼との温度差をそのときに俺は思い知ったのだった。

「……すみません」

俺の剣幕に押されたのか、珍しく坂本はしゅんとして項垂《うなだ》れた。逆にこっちが罪悪感を抱いてしまうほどの愛らしい様子に思わず、

「いや、怒鳴って悪かった……お前も来るか?」

と顔を覗き込む。と、坂本は途端に項垂れたはずの顔を上げ、

「行きます」

と元気な声を上げたものだから、こいつ演技しやがったな、と彼を睨んだそのとき、いきなり内ポケットに入れていた携帯電話が着信に震えた。

「?」

ひとまず坂本のことは置いておいて、見覚えのない着信番号を見ながら電話に出る。

『もしもし』

電話の向こうから、遠慮深そうな男の声が聞こえた。誰だ? と俺は一瞬首を捻《ひね》ったが、すぐに声の主に思い当たり、

「中条?」

と呼びかけてみた。目の前で坂本の片方の眉がぴくりと上がる。

『……よくわかるな』

携帯から聞こえてきたその笑い声は、先ほど別れたばかりの中条のものだった。

「なんで？　なんでお前、俺の携帯番号知ってるの？」

会社の携帯だから知るわけがないのに、と不思議に思い尋ねると、

『ああ、今お前の会社に電話したら、電話に出てくれた女の子が、外出してるからってこの番号を教えてくれたんだけど……』

と答えが返ってくる。吉崎、お前、自分の携帯番号は人になかなか教えないくせして、人のはホイホイ教えやがって、と、アシスタントに対してむっとした気配が伝わったのか、

『悪いな、携帯まで追いかけて』

と中条が謝ってきた。

「いや、別に全然いいんだけどさ」

慌ててフォローしたあと、そういや、外出先まで追いかけてきての彼の用件とはなんなのだ、と気になり問いかけた。

「で？　どうした？　なんか用だったんだろ？」

俺の問いに、電話の向こうで中条が一瞬黙り込む。

「？」

どうした、と問いを重ねようとしたとき、耳に当てた携帯から中条の、少し緊張したような声が響いた。

『急な話で悪いんだが……今夜、会えないか？』

「今夜⁉」

まさかそんな急なお誘いとは思わず、驚いたあまり鸚鵡返しにしてしまったあと、前方からの視線に気づき、いけない、と慌てて視線の主を——坂本を見る。

予想どおり坂本は、疑惑の色を顔に滲《にじ》ませながら、探るように俺を見て——というよりは睨んでいた。そういうんじゃないから、と首を横に振ってみせる俺の耳に、中条の、少し切羽詰まったような声が響く。

『先約があるなら明日以降でもいい。一度会って話したいんだ』

「あー……」

勿論、会うことに異論などあるわけがなかった。誘ってもらって嬉しいと思っていたくらいだ。

だが目の前で坂本が、それこそ鬼の形相になったのに気を取られ、一瞬返事が遅れてしまった。それを中条は、俺が躊躇《ちゅうちょ》していると取ったらしい。

『……お前が嫌だと言うのなら仕方ないが……』

と低くそう言ってきたのに慌てて、

「ああ、ごめん。そうじゃないんだ。今夜でいいよ。久々に飲もう」

と思いきり元気よく答えたのだが、途端に更に厳しくなった坂本の射るような視線に耐えられず、通話しながら歩き始めた。

坂本は俺から視線を逸らすことなく、俺の横に並ぶ。彼は俺が中条と簡単に待ち合わせの時間と場所を決め、通話を切った途端に、

「僕も行きます」

そう宣言し、俺の腕を摑んだ。

「馬鹿。これは合コンじゃないぞ？」

通行人の目が気になり、彼の腕を振り解いたあと、尚も伸ばしてくるその手を避けながら、溜め息交じりに問いかける。

「お前、一体何を気にしてるんだよ？」

正直な話、坂本がなぜ中条に拘《こだわ》るのか、俺にはわからなかった。中条と俺の過去など彼が知る由もないのだし、たとえ知ったとしても、十年も昔の『事故』みたいなことを、今更ほじくり返すまでもない。

なのになぜ、と俺が見つめる先で、坂本は紅《あか》くなるほどに唇を嚙んでいたが、やがて、ぽつり、と意外な言葉を呟いた。

「……中条さんを見たとき、東野さん一瞬、顔色変わりましたよね」

「え……？」

そうだったか？　と、中条と再会した際の記憶を辿《たど》る。結果、確かに顔色が変わるくらいには動揺していたな、と思い当たり、坂本の観察力に舌を巻いた。

あのとき俺の脳裏には一瞬だったが、高校時代、中条をはじめ、三好と坂田に犯されかけたことが蘇っていた。

だからこそ動揺もしたのだろうと自己分析をした俺の頭に、ふと、ある考えが浮かぶ。

確かにあの強姦未遂に関しては、当時はそれなりにショックも受けたし、痛い思いもしたが、ショックも苦痛もすぐに乗り越え、俺にとっては完全に『過去の出来事』になっていたはずだ。

三好や坂田とも、頻繁とはいえないまでも会ってはいるが、彼らの顔を見ても、それを思い出し、動揺することなどない。

なのに中条を見てそうも動揺したのは、もしかして――と、思いついた、その理由に俺は更に動揺してしまっていた。

以前の俺ならおそらく、中条と再会し、たとえ強姦未遂を思い出したとしても、そういやそんなこともあったな、くらいにしか思わなかったんじゃないだろうか。

今、衝撃を覚えたその理由はもしかして、坂本に抱かれるようになったからではないだろうか。彼に抱かれながら感じる苦痛が、あの日受けた苦痛を呼び起こしたのではないか、という考えに、俺の動揺は煽《あお》られていた。

中で坂本が果てるまでじっと辛抱しているあの感じは、彼らに手足を押さえつけられながら、なんとか逃れたいと願っていた気持ちそのものだった。

坂本とそういう関係にならなかったら――彼に抱かれることさえなかったら、今日、中条と再会した際に、俺はあの日の出来事を思い出さなかったかもしれない。

『よう、久し振り！』

と驚きと喜びの声を上げ、何も考えずに中条の背中を叩いていたかもしれないのだ。

「東野さん……？」

黙り込んだ俺を訝り、坂本が顔を覗き込んでくる。今、頭の中で渦巻く考えを、彼に伝えるつもりなどなかった俺は、慌てて笑顔を作り、彼の肩を叩いた。

「ああ、なんでもない。お前の気のせいだよ」

「……東野さん……」

坂本は尚も訝しそうな顔で俺のあとについてこようとする。

「やっぱりお前は社に戻って自分の仕事をしろよ。俺も三時には社に戻るから」

ここはもう、『先輩』の顔になるしかない、と、俺は有無を言わせぬ口調で坂本に命じると、足早に駅へと向かった。

随分歩いてから、やはり気になり、ちらと後ろを振り返った俺の目に、人ごみの中にぽつんと佇んでいた坂本の白い顔が映った。

表情など見えないくらい遠く離れているのに、なぜか俺には彼が酷く傷ついた顔をしているように思えて仕方がなかった。

3

「東野！」

待ち合わせた日比谷Ｂａｒに入り、店内を見回すと、奥のほうの席で立ち上がり俺に手を振ってきた長身の男——中条の姿があった。

「悪い、遅くなった」

約束の時間からは十分ほど過ぎてしまっていた。結局俺はあれから会社には戻らず、客先を回って店に直行したのだ。慌てて彼の待つ席へと駆け寄ると、

「気にするなって」

と中条は俺に右手を出し、

「久し振りだなあ」

とあのはにかんだような微笑みを浮かべてみせた。

握手か、と日本人の俺にはあまりに馴染《なじ》みのない——って、中条も生粋の日本人だが——風習に戸惑いつつも軽く彼の右手を握り、向かいの席へと腰を下ろす。注文を取りに来たボーイを、取りあえず生、と追い払うと、

「ほんと、久し振り。びっくりしたぜ」

改めて目の前の中条の顔を見た。中条もまた俺を見返し、

「本当に」

と微笑んでみせる。

それから暫くの間、食事をとりながら、今月のサービスだというリキュールベースのカクテルばかりを頼んでいるうちに、酒にそれほど強くない俺はいい気分になっていった。

その間に中条と交わした会話といえば高校を卒業してから何をしていたかということが主な話題で、聞けば中条は関西の国立大学へと進んだあと、理系だというのに院にも行かず、三友商事に入社したという。

高校時代の真面目《まじめ》一本槍のイメージと、言っちゃなんだがちゃらいイメージのある『商社マン』とのギャップに密かに首を傾げていたのだが、顔を合わせなかった十年という長い歳月の間に随分中条は如才なく、スマートな感じになっていた。

今の部署には、山本さんの後任として管理部門から異動してきたと教えてくれた。

「営業に出たいっていう希望がやっと叶《かな》ってね。引き継ぎを始めたらいきなりお前の名前が出てきただろ？　本当にびっくりしたんだよ」

酔いのために頬に朱を走らせながら、中条がそう言い出す頃には、俺も随分酔っ払ってしまっていた。

「なんだ、今日俺に会うこと、お前は知ってたんだ」

なんか狡いぞ、と意味なく絡んでみる。

「知っていただけにどきどきしてたんだぜ。八年ぶりだろ？　お前が全く変わってないのが嬉しかったよ」

中条に言われ、正確には八年ぶりになるわけだと知る。俺なんかいい加減だから、だいたい十年、としか考えてなかったし、口にも出すときも『十年くらい』と言っていた。そういう真面目なところは相変わらずなんだよなあ、と思いつつ、

「お前こそ変わってないだろうが」

と返してやる。中条はしみじみ、といった感で俺が『変わってない』証明、とばかりに話し始めた。

「山本さん、お前のことベタ誉《ぼ》めだったんだぜ。新人の頃から知ってるけど、イマドキの若者には珍しい、よくできた奴だって。礼儀も知ってるし根性もある。一回、もう他社に決まりかけていた大型案件、お前の粘りでひっくり返したことがあったそうじゃないか。その上お前は情にも厚いから、俺の面倒もよく見てくれるだろうって……なんか聞いてて、くすぐったいような感じがしたけど、お前は昔からそういう奴だったもんなあ」

「やめろよ。もう」

そんなの聞かされたら、俺のほうがくすぐったい、と苦笑し、話題を変えようと試みる。

「お前は随分雰囲気変わったよなあ。高校のときはカタブツっぽかったのに、なんかすっかりイマドキの商社マンになっちゃってさ」

そう言い、中条の胸のあたりを小突くと、中条も苦笑し、

「高校のときねえ」

と当時を懐かしむように目を細める。

一瞬、沈黙が二人の上に訪れた。そのとき俺の頭に、不意に卒業式の日の光景が蘇る。式も終わり、皆に挨拶もすませて、いよいよ帰ろうとなったとき、校門を出ようとしていた中条の後ろ姿を見つけた。声をかけようとしたが、なんで俺から挨拶しなきゃならないんだと意地を張って結局呼びかけることもしなかった。

やっぱりあのとき、声をかけるべきだったんだよなあ、と俺は八年前に立ち戻ってそう反省していたのだが、中条は全く違うことを思い出していたようだ。

「ごめんな」

いきなり小さい声で詫びられ、一人の思考から覚めて彼を見る。

「……え……？」

頭を下げる中条の姿を見た瞬間、脳裏にあまりにも鮮やかに、彼と三好と坂田に押さえ込まれ、犯されかけたときの情景が浮かび、俺は思わず息を呑んだ。

「……ずっと謝りたかった。でもどうしても面と向かうと謝ることができなくて……ずっと

後悔していた。本当に申し訳なかった」

中条はますます俺に対し、深く頭を下げてくる。真摯《しんし》な詫びっぷりに啞然としていた俺だが、すぐに我に返ると、中条に顔を上げてもらおうと、慌ててフォローに走った。

「なんだよなんだよ。そんな昔のことを今更……気にするなよ」

それでも頭を上げない中条を前に、フォローを続ける。

「お前が謝ってるのは、あれだろ？　三好と坂田とで俺を……」

ここで、さすがに輪姦そうとしたことだろ、とは言えずに言葉を濁すと、中条は一瞬顔を上げて俺を見たものの、すぐに、

「本当にごめん！」

と更に更に深く、頭を下げて寄越した。

「もういいって。俺なんか最近まですっかり忘れてたくらいなんだから。もう気にすんなよ。これからまた、昔みたいに仲良くやろうぜ」

せっかく仲直りのチャンスなんだから、と中条の腕を叩き、顔を上げさせようとする。

「東野……」

中条は顔を伏せたままだったが、自分の腕を摑む俺の手を上からそっと握ってきた。

なんかこれって青春？　とこっぱずかしく思いながらも嬉しく感じ、俺もまた彼の手を握り返そうとした。が、一瞬早く中条はその手を強い力で摑むと、そのまま両手で握り込み、

自分の顔のところまで持っていったものだから、俺は気恥ずかしさを通り越して、一体何事かと思わず彼の顔を見返した。

「俺はずっとお前のこと、忘れた日はなかったよ」

なんでこんなにこいつの目は潤んでいるんだ？　そしてなんで俺の手を握り締めるこいつの手はこんなにも熱いんだ？

「あんなことがあってどうしてもお前と顔を合わせることができなくて……いっそのこと、お前を忘れてしまおうと思って、それで大学もわざわざ京都を選んだのに、何年経《た》っても忘れることはできなかった」

なにをこいつは熱く語っているんだろう？　俺は引きつる笑いを浮かべながら、そっと彼の手から自分の手を引き抜こうとしたが、しっかり握り締められ、びくとも動かない。

「八年間もずっとお前への想いを心にしまい込んでいたのに、異動になった途端、引継書にお前の名前を見つけた。そのとき、どれだけ俺が驚いたか……これはもう運命だと思った。またこうしてお前に逢うことができるなんて、運命以外の何ものでもないと」

勝手に『運命』と思われても困る、と焦りまくる俺を前に、喋《しゃべ》っているうちに興奮してきたのか、中条はどんどん俺の手を自分のほうへと引き寄せる。

俺たちのテーブルは店内のちょっと奥まったところにあり、他の席からはちょうど死角になっていた。それをいいことに中条はそれこそ俺の手にキスしそうな勢いで顔に近づけ、更に俺を驚かせる言葉を口にする。

「三好と坂田をそそのかしてお前を抱こうとしたことを、随分後悔していたんだ。でも……」

「なに⁉」

聞き捨てならない、と大声を上げ、彼に手を取られたまま立ち上がる。さすがに店員の視線を集めてしまい、バツの悪い思いをしながらまたこそこそ椅子に腰掛けたが、すぐに我に返ると俺は、

「なんだって？」

と、今、彼が言った内容を確認しようと中条をまじまじと見つめた。

中条は一瞬、しまった、という顔になったが、やがて意を決したように一つ大きく深呼吸すると、改めて俺の手を両手でしっかり握り締め、熱く、あまりにも熱く俺を見つめながら口を開いた。

「俺は……高校時代からずっとお前が好きだったんだよ」

「はぁっ⁇」

まさに青天の霹靂、と俺は驚きのあまり絶句してしまっていた。それをいいことに、というわけではないだろうが、中条がますます熱っぽい口調で告白を続ける。

「三年でクラス替えになる前に、どうしてもお前を抱きたかった。でもとても一人でそれを

実行する勇気が出なくて、同じようにお前を好きだった三好と坂田を巻き込み、あの日坂田の家にお前を連れ込んだんだ」

「…………」

驚きが大きすぎて、まるで言葉が出てこない。なんだって？　坂田や三好もグルだったっていうのか？　今でも昔のままの付き合いを彼らとは続けているんだぞ？　動揺しまくる俺の考えていることがわかったのか、中条がその答えらしきものを教えてくれる。

「三好も坂田も実際お前に手を出そうとしたあと、お前の態度が変わらなかったことにほっとしたと言っていた。お前を力ずくで抱くより、この先も今までどおり友達として付き合っていくほうを選ぶと言って彼らは俺から離れていった。でも俺はどうしてもお前を諦めることができなかった」

そんなことがあったとは、とただただ驚いていた俺の手を握り締めたまま、中条の告白は続く。

「友達なんかではいられない。きっとまたお前を抱きたいという思いを抑えられなくなる。それがわかっていたから、俺はお前を避け続けた。顔を合わせたらお前にこの想いをぶつけてしまう。せっかく何事もなかったように振る舞ってくれているお前の気持ちを無にすることになってしまうと……俺はお前を忘れようと、できるだけお前から離れることにした。そうして過ごした八年で、お前への想いがようやく薄れてきたと思っていた矢先に……」

ここで中条は俺の目を覗き込むと、

「……また お前に逢ってしまった」

更に熱っぽい口調でそう告げ、俺の手をぎゅうっと握り締めてきた。

「…………」

俺はもう熱く訴え続ける中条に圧倒され、何一つまともに考えることができず、呆然《ぼうぜん》としてしまっていた。そんな俺を前に中条は小さく溜め息をつくと、再び口を開いた。

「八年も経っているのに、実際お前を目の前にしてしまうと、俺は自分の気持ちが少しも冷めちゃいないことを嫌でも自覚させられた。俺は……」

ここで彼は俺へと顔をぐっと近づけると、

「俺は、未だにお前が好きなんだ」

などと言い出し、ますます俺から言葉を奪っていく。

「なっ……」

十年ぶり——じゃない、八年ぶりか——に再会した高校時代の友人に、今頃なんで俺は告白されなきゃならないんだ。

ちょっと待ってくれ、と言いかけた俺の手首を、いきなり後ろから摑む腕が現れた。その手は強引に俺の手を中条の手から奪取するとそのまま俺を立ち上がらせようと強く引っ張り上げてくる。

一体誰だ、と俺は焦って振り返り、この場にいるはずのない男の姿を認め、またもや息が止まるほど驚いてしまったのだった。

「おい……っ」

と呼びかけた先には——坂本がいた。

「君は確か……」

俺と同じく唖然とした様子で中条も坂本を見上げる。

「先ほどはどうも」

俺の背後に立ち、坂本は硬い表情のまま中条を見下ろした。

「こちらこそ」

意味なく二人の間で火花が散る。それをおろおろと見守っているだけ、というのはどうなんだ、と俺はすぐに我に返ると、坂本が変なことを言い出す前にこの場を離れようと焦って椅子から立ち上がった。

「ま、また連絡するから」

それじゃあな、と坂本の手を引き、店を出ようとしたのだが、坂本は俺の意を酌《く》むことなく、いきなり中条に向かい大きな声を張り上げた。

「東野さんは今、僕のものですから‼」

「お、おいっ」

店内中の人が注目するような大声でなされた宣言に、ぎょっとしていた俺の手を握ると坂本が、

「さあ、行きましょう」

とその手を引き、出口へと向かってズンズン歩き始める。

「そ、それじゃあな」

中条も、そして店の客や従業員も、ただただ唖然としていた。こうなったらもう笑って誤魔化すしかない、と我ながら情けない笑いを浮かべていた俺を坂本は引きずるようにして店を出、そのままちょうど来ていたエレベーターへと押し込んだ。

ウィン、と音を立て、エレベーターが下降してゆく。中が無人なのをいいことに、坂本は何が何やらわからず呆然としていた俺を力いっぱい抱き締めてきた。

「お、おい？」

「もう……何やってるんですか」

戸惑う俺の耳元に、怒っているらしい坂本の声が響く。

「何って……」

答えようとしたそのとき、エレベーターは一階に到着し、待っていた客たちがどんどん乗り込んできた。俺たちは彼らの間を縫うようにしてハコから降りると、二人して無言のまま、駅へと向かって歩き始めた。

まだ人通りも多いというのに、坂本は俺の手首を摑んだまま、黙々と前を歩き続ける。

一体なぜ、彼はこんなところにいるのだろうか。その疑問は彼に問うまでもなく、答えがわかる気がした。どうせ昼間、俺と中条が電話で決めた待ち合わせ場所と時間に、聞き耳を立てていたんだろう。

知り得たとしても、普通は訪れるのを我慢するものだが、辛抱堪らず実際に来ちゃうところが坂本の坂本たる所以《ゆえん》というか、常識外れのマメさというか、と呆れてしまう。

そのうちに握られたままの右手首がだんだんと痺《しび》れてきてしまったこともあって俺は彼の背に声をかけた。

「おい」

ぴたりと坂本の足が止まる。

「離してくれよ」

「抱かれたんですか？」

二人、口を開いたのが同時だった。唐突すぎる彼の言葉に驚き、俺は重ねて問うことも、彼の問いに答えることも忘れ、背を向けたまま俺に問いかけてきた坂本の後ろ姿を見つめていた。坂本がゆっくりと俺を振り返る。

「中条さんに……抱かれたんですか？」

再びそう尋ねる彼の顔は——酷く傷ついて見えた。

初めて見るそんな彼の顔にショックを覚えたあまり俺は絶句し、ただ見返すことしかできずにいた。坂本は彼を凝視していた俺からすっと目を逸らせると、ちょうど走ってきたタクシーに手を上げた。

銀座とはいえ日比谷に近いからだろうか、乗り場でもないのに停まってくれたその車に乗り込むと、坂本は運転手に寮の住所を告げたきり口を閉ざしてしまい、車が寮へと到着するまでひと言も喋らなかった。

会話はなかったが、彼の手は俺の手首を捕らえたままで、俺は何一つ後ろ暗いことがないにもかかわらず、彼の無言の重圧に首を竦めていた。

やがて車は寮へと到着し、そのときだけ坂本は俺の手を離すと、いつ客先から貰ったかわからないタクシーチケットを運転手に渡して支払った。

コンプライアンスが、と注意をしようにも、注意などできない雰囲気が彼にはあり、俺は再び摑まれた手を引かれるままに彼のあとに続いた。

寮の建物内に入ると、坂本は自分の部屋ではなく真っ直《ま》ぐ《す》俺の部屋を目指した。廊下に誰もいないことに救われた。尋常でない顔をしている坂本と、そんな彼に手を引かれておろおろとついていくしかない俺の姿は、他人の目にはどう映るか、想像しただけでも身の縮む思いがする。

坂本は部屋に入ると、俺を部屋の中央へと押しやるようにして、後ろ手でボタン錠をカチャリとかけた。彼が部屋に来るときは、いつもこうして鍵をかける。室内でやってることがやってることなだけに、万が一にも誰も部屋に入れないように、という予防なのだが、今日はその『カチャリ』という音がやけに大きく響いた。

なんとなく身構えてしまった俺へと、坂本がゆっくりとした歩調で近づいてくる。

「抱かれたんですか？」

二人の間の距離が二十センチを切ったあたりで、坂本はぽつりと、タクシーに乗る前に口にしたのと同じ問いを俺にしかけてきた。

抱かれてない——そう答えるだけでよかったのかもしれない。実際、中条とも、他の悪友とも未遂だった。

だが、坂本の真剣極まりない顔を見てしまっては、すべてを打ち明けねばならない気になってしまい、俺はぼそぼそと彼の問いに答え始めた。

「……昔……高校のときに、悪乗りした彼と他の友人二人に三人がかりで、犯られそうになったことはある。だが最後まではいってない」

実際は『悪乗り』ではなく、中条が仕組んだことだと今日知らされ驚いたのだった。そう思いながら答えた俺を坂本はじっと見つめていたかと思うと、すっと手を伸ばし、びく、と身体を竦ませた俺の背をそっと抱き締めてきた。

「……で……？」

耳元で話の続きを促す坂本の、少し掠れた声が響く。

「……それだけなんだけど……」

これを中条が仕組んだことまで、打ち明けろというのだろうか。そこは敢えて話さなくてもいいんじゃないか、と考えつつ、俺も坂本の背に腕を回す。

暫しの沈黙のあと、坂本の、俺の背を抱く腕にぐっと力がこもり、耳元に彼の低い声が響いた。

「どうして言ってくれなかったんですか」

怒りを抑えているようにしか聞こえないその声と、背を抱く腕の力強さに、正直俺はビビっていた。

力では到底かなわない。何をされるのかと身構えたものの、坂本が動く気配はない。ただ俺を抱き締め、答えを待っているらしい彼に、一体何を答えればいいのかと、俺は必死で考えを巡らせた。

『言ってくれなかった』ことを坂本は多分怒っているのだろうが、何を『言わなかった』と怒っているんだろう？　俺が昔、犯されかけたことか？

しかし一体それをどういうシチュエーションで言えばよかったというのか。彼に好きだと告白されたときに『俺にはこういう過去がありますがそれでもいいですか』とでも言ってほしかったという意味だろうか。

坂本は意外に拘るタイプで、もし俺にそんな過去があると知っていたら、こうして付き合いはしなかったのに、ということか？

それをいうなら坂本のほうこそ、俺の扱い方の手馴れた感じから察するに相当遊んでいると思うぞ、などと一瞬のうちに様々な思考が俺の頭の中で巡ったが、やがてそれらの考えすべてが誤っていると、俺は気づかされることになった。

「なんでそんなつらい目に遭ったこと、黙ってたんですか」

坂本がますます強い力で俺の背を抱きながら、肩に顔を埋めてくる。彼の顔が押し当てられた部分がやたらと温かい。それが彼の流している涙のせいだと察した瞬間、俺はどうしようもないくらいに動揺してしまった。

「さ、坂本？」

泣いてる？ うそだろ、と驚いたあまり俺は身体を離し、坂本の顔を覗き込もうとした。が、坂本はそれを許さず、俺を力いっぱい抱き締めながら抑えた声で同じ言葉を繰り返す。

「なぜですか……っ」

怒っていたんじゃない。泣くのを堪えていたのだ——それがわかった今、俺は彼になんと答えたらいいのかと、途方に暮れてしまっていた。

坂本は、なぜだか過去の強姦未遂が俺にとって酷いトラウマになっていると勘違いしているらしいが、俺にとってはそれこそ、ごくごく最近まですっかり忘れていたくらい、たいしたことじゃなかったのだ。

だってもう十年も――って、八年か――前のことだし、何より『未遂』だ。加害者とも未だにごくごく普通に付き合っている。

坂本に抱かれるようになり、そういやつらかった、と思い出しはしたが、彼が考えているように事件自体は『心の傷』なんかにはなってない。

まあ、ここにきて、あの強姦未遂が中条の仕組んだことで、彼も、そして他の二人も当時、俺のことが好きだったと知らされ、その告白には動揺したが、などと考えている間に、坂本がまた、俺の肩に顔を埋めたまま殆ど涙声で語りかけてくる。

「……東野さんいつもつらそうだったのに、僕は少しもそのことに気づいてあげられなくて……そんなことが昔あったんなら、僕に抱かれるのも嫌だっただろうに……」

ごめんなさい、ごめんなさいと繰り返す彼の震える声は罪悪感に溢れていた。いや、全然違うから、と慌てて俺は坂本の腕から無理矢理逃れると、

「違うって！」

と、誤解を正そうとし――綺麗な瞳からぼろぼろと涙を零《こぼ》すその顔を見てしまい、言葉を失った。

「……ごめんなさい……」

坂本が絶句する俺を抱き締め、またも謝罪の言葉を口にする。

可憐としかいいようのない泣き顔に、真摯に詫びてくるその姿勢に、どうしようもないくらい、彼への愛しさが込み上げてきた。

「違うんだ、全然つらくなんてないんだ」

俺は彼の涙を止めてやりたくて、思わず叫んでしまったのだが、言った傍からこれは嘘だな、と自分にツッコミを入れてしまった。

「つらそうじゃあないですか」

案の定、泣きながら坂本もまた、そこにツッコミを入れてくる。

「いつも我慢してるの、わかってたんです。でも……でも、それはきっと慣れてないからだろうって思い込んでました。まさか、そんなつらい過去があったなんて……」

うう、と声を殺して泣く彼の声が耳に響き、熱い涙を肩に感じる。

確かに彼との行為の際、つらくないかと問われれば、つらい、としか答えようがない。

肉体的な苦痛から、過去の強姦未遂を連想したことはある。だが、過去のトラウマがあるから、坂本との行為がつらいわけではない。

俺の感じている苦痛は、いわば物理的な痛みとでもいおうか、肉体の上に感じる苦痛であり、過去のトラウマを思い出すから、とかじゃないのだ。それをどう言えばわかってもらえるのだろう、と俺は必死で頭を絞った。

なぜつらいんだ？　確かに行為には慣れてない。それではなぜ慣れないか。

思い当たることは、アレ、かな、とようやく一つの結論を導き出す。

「まあ、全然つらくないっていうのは確かに嘘なんだけど、昔のことが原因でつらいってわけじゃないんだ」

「じゃあ何が原因なんですか」

どうせ気休めを言うのだろうとでも思われたのか、坂本が俺の背に回した腕を解き、その手で肩を摑んで顔を覗き込んでくる。

涙に濡れた瞳が真っ直ぐに俺を見つめていた。きらきらと煌めく瞳に、俺が映っているのがわかる。

罪悪感に打ちひしがれる彼を元気づけたい。それにはその罪悪感を払拭《ふっしょく》してやるしかない。そう思い俺は、先ほど辿り着いた結論を彼に伝えることにした。

「多分……お前のサイズがでかすぎるからなんじゃないかと……」

「え」

俺の言葉を聞き、坂本が絶句する。呆れ果てて涙も止まったらしいその顔を見た瞬間、もしかしたら俺って、つくづく空気が読めないのかも、と猛省した。

「……下品だなあ」

坂本がぷっと吹き出し、涙に濡れた頬を手の甲で擦《こす》る。

「……悪い……」

謝りはしたが、彼の顔に笑みが戻ったことに、俺は心底ほっとしていた。

「東野さん」

再び俺を抱き締めながら、坂本が耳元で俺の名を呼ぶ。

「……なに？」

彼に身体を預けながら囁き返すと、坂本が少し思い詰めたような声で確認をとってきた。

「ほんとに……つらくない？」

「つらくないよ」

彼の背を抱き締め返し、きっぱりと即答した、その答えは彼に対して、というより、自分自身に対する確認のようなものだった。

確かに、身体はまだつらい。けれどもこうして坂本と抱き合い、彼の体温を合わせたこの胸に、彼の背に回したこの腕に感じることが、どれほど温かな気持ちにさせてくれているかを思うと、身体のつらさなんてたいしたことがないようにすら思えてしまう。

つらいといえば、彼に泣かれたことのほうが俺にとってはよっぽどつらかった。俺を思って泣いてくれるその気持ちが堪らなく愛しかった。俺は彼の背に回した手に力を込め、少しでも彼を安心させてやりたくて、同じ言葉を繰り返した。

「つらくないよ」

「東野さん……」

俺の気持ちが通じたのか、坂本も俺をますます強い力で抱き締めてくる。と、太腿に既に熱くなっている彼の雄が当たり、さっきまで泣いていたくせに、と、なんだか可笑しくなってしまって、思わず唇から笑いが漏れた。

「……なに？」

坂本が腕を緩めて俺を見下ろし、笑いの意味に気づいたのか、少し照れたような顔になる。

「仕方ないじゃないですか」

ぼそりと呟く、その様子があまりに可愛くて、堪らず俺は自分から彼の唇に自分の唇を重ねた。

「……っ」

坂本は驚いたように一瞬目を見開いたが、やがてその目を細めて微笑むと、俺をしっかりと抱き直し、彼のほうから激しく唇を合わせてきた。

貪るようなキスを受け止めているうちに立っていられなくなり、彼のスーツの背を掴んで体重を支える。

坂本は俺と唇を重ねたままそろそろとベッドへと移動していくと、そのまま俺をそっとシーツの上へと押し倒した。

いつにない優しい手つきで俺の上着を脱がせ、タイを外し、ワイシャツのボタンを一つ一つ外してゆく。俺も自分で袖口のボタンを外して、彼がシャツを脱がせるのに手を貸した。

坂本は続いて俺のＴシャツを脱がせると今度はベルトへと手をかけ、スラックスと下着を手早く俺の脚から引き抜き、あっという間に俺を全裸にした。

そのまま自分は服を脱がずに再び俺の上へと伸し掛かり、唇を塞ぎながら手を俺の胸へと這《は》わせてくる。胸の突起を親指の腹で擦り上げ、やがてそれがぷっくらと勃ち上がるとキスをやめて唇を首筋から滑らせ、乳首を口に含んだ。

舌先で乳首を転がしながら、もう片方の手を、早くも少し勃ちかけていた俺の雄へと向かわせ、やんわりと握り締める。

「……っ」

乳首に軽く歯を立てられ、俺は思わず小さく声を上げた。彼の手の中の雄がどくん、と脈打つのがわかる。それで感じているとわかったのか、彼は何度か乳首を噛み、雄をゆっくりと扱き上げ始めた。

『ほんとに……つらくない？』

泣き笑いを浮かべた彼の顔がその声と共に俺の脳裏に蘇る。丹念な愛撫は、俺にできるだけつらい思いをさせないようにという心遣いゆえなのだろう。

彼の唇がそろそろと俺の胸から腹へと下りてゆき、俺の雄をすっぽりと口の中へと含むと舌が熱く先端に絡まってくる。

今日は口淫も、やたらと丁寧だった。先端のくびれた部分を舌で何度も舐め上げながら、

竿を扱き上げる。睾丸を揉《も》みしだかれながら、尿道を硬くした舌先で抉《えぐ》られる強い刺激に達してしまいそうになり、思わずシーツを握り締めた。それを見て、俺が今、切羽詰まった状況にあると察したらしい坂本が、口に俺を含んだまま顔を上げてくる。

口も、手も動きは止めず、どうしたの、というように俺を見つめる彼を俺も見下ろしたのだが、彼の形のいい唇の間から自分の雄が抜き差しされる様を見ているだけで、更に昂まる自分を抑えられなくなった。

「……もうっ……出る……っ」

悲鳴のような声を上げてしまうと、坂本は俺を口に含んだままにっこり笑い、一段と激しく竿を扱き上げてきた。

「あぁっ」

ついに耐えられず俺は達し、白濁した液を坂本の口にこれでもかというほど放ってしまった。

ごくり、と音を立て、坂本はそれを飲み下すと、あたかも清めようとでもするかのように、未だにどくどくと先端から零れ続けている俺の精液を舐め取っていく。

彼の茶色がかった綺麗な髪が、自分の両脚の間で揺れている。艶《つや》やかなその髪を眺めるうちに――そして雄を舐められ続ける直接的なその刺激に、再び身体の奥に、欲情の焰《ほむら》がともるのがわかった。

自然と腰が捩れてしまったことで、坂本もまた、俺の身体に火がついたことに気づいたらしい。顔を上げて俺と視線を合わせると、目と目を見交わしたまま口を開き、再びすっぽりと俺の雄をその中へと収めた。

今、達したばかりであるのに、ぞくりとした感覚が背筋を走り、早くも硬さを取り戻していく自分が恥ずかしく、俺は彼から目を逸らし横を向いた。

視界の外で、坂本は右手を俺自身に添えながら口淫を続けていたが、やがてそれが勃ち上がるとその手を離し、唇と舌で俺の先端を、竿を弄《いじ》りながらそっと両手を俺の脚へと伸ばしてきた。

太腿を摑《まみ》まれて膝《ひざ》を立てさせられ、そのまま大きく脚を開かされる。ああ、挿れるのかな、と欲情に塗れあまり思考が働かなくなった頭で、ぼんやりとそう考えた。

いつも覚える苦痛を身体が思い出したのか、自然と下肢が強張ってしまう。なんとか力を抜こうと、意識を集中させようとしていると、坂本の指がそろそろと俺の後ろへと伸びてきて、蕾《つぼみ》をそっと撫《な》でた。

「……っ」

びく、とまた身体が震え、ますます強張ってきてしまったのは、意識を超えてのことだった。違う、嫌なわけじゃないんだ、と慌てて言い訳をしようとしたとき、坂本が俺の両脚を高く抱え上げてきた。

「え……」

腰を更に上げさせられ、露《あら》わにされた後孔に、坂本が顔を埋めてくる。体勢的にちょっとつらい格好をとらされた上で、蕾に舌を這わされ、時に硬くした先端でつつかれたり、全体を唇をも使って舐《ねぶ》られたりするうちに、今まで得たことのない感覚が生まれ、小さく息を漏らした。

ぞわりとしたとでもいうのか、なんともいえない感覚だった。気味が悪いような、それでいてどこかあとを引くような感じが、じわじわと全身に広がってくる。

そのうちに持ち上げられた腰がだんだんとつらくなってきたが、言うより前に坂本はそっと俺の両脚をベッドに下ろすと、今度は雄を咥え、同時に指を一本、先ほどまで舐っていた後ろへと挿入させてきた。

彼の口の中でびくりと俺の雄が震える。が、それはいつものように後ろに指を挿入されたことによって覚えるどうしようもない違和感からではなく、もっと違う——別のところから来る感覚だった。

再び巧みな口淫を続けながら、坂本が俺の中で指をゆっくりと動かし始める。何かを試すように、そろそろと動かし、内壁を指先で強く圧していく。

坂本の舌が俺の先端へと絡まり強く吸い上げてきたとき、俺の口から抑えられない声が漏れ、知らぬ間に腰が浮いていた。快感に苛《さいな》まれる身体を持て余していた俺の雄を坂本が口で攻めながら、後ろに入れた指をゆっくりと動かし続ける。いつしか俺は後ろに得ていた違和感を忘れていた。

彼が指を二本に増やしたときも、俺の後ろはなんなく受け入れ、それればかりか内壁が次第に指の動きを追いかけるように収縮し始めたのを、上がる息の下、俺は驚きを以《もっ》て感じていた。

いよいよ彼の口の中では、俺の雄がはちきれそうになってきた。二度目の限界を迎えそうだと伝えねば、と俺は坂本の髪を摑んで上を向かせた。

「…………?」

なに、というように坂本が俺を見上げる。欲情に潤んだ瞳に、紅潮する頬に、見惚れてしまいそうになりながらも、希望を伝えねば、と口を開いた。

「……一緒に……っ」

いこう、と言いたかったが、そのとき後ろを彼の長い指に抉られ、声に出すことはかなわなくなった。息を呑んだ俺に、言いたいことはわかった、とばかりに坂本はにっこり笑って頷くと、すぐに身体を起こし手早く服を脱ぎ捨てた。

全裸になり、振り返った彼の雄は、既に屹立《きつりつ》して腹につくほどになっている。再び俺へと伸し掛かってくる彼に向かって、俺は大きく両脚を開き、彼を受け入れる体勢をとった。

「無理しないで」

坂本はくすりと笑うと、そんな俺の身体を抱き締めながら、二人の腹の間で猛《たけ》る雄同士を密着させ、身体を動かして二つの雄を擦り合わせてきた。

「……っ」

それだけで達してしまいそうになり、思わず彼の肩へとしがみつく。彼は激しく腰を前後させながら腹と己の雄で俺の雄を刺激し続けていたが、やがて俺の脚の間に後ろから手を差し入れると、再び後ろへと指を挿入させてきた。

俺のそこは彼の指を待っていたかのように容易《たやす》く受け入れ、内壁が激しく収縮しては指を締め上げた。後ろを二本の指で掻き回されながら前を互いのそれで擦られ、俺はどうにも我慢ができなくなって、腕ばかりか両脚をも彼の背へと回し、限界が近いことを知らせた。

坂本の身体と手の動きが一段と速まる。あ、と思ったときには俺は彼と抱き合ったまま達し、白濁した液を互いの腹の間に飛ばしていた。

同時に達したらしい彼の背を腕で、両脚で尚も力いっぱい抱き締める。坂本はそんな俺の後ろからそっと指を抜き取ると、そのまま俺の背へと両手を回し、やはり力いっぱい抱き締め返してくれた。

互いの精液が混じり合い、二人の身体の間で濡れた音を立てる。なんだか可笑しくなってしまい、俺たちは顔を見合わせくすりと笑い合うと、どちらからともなく唇を合わせていった。

「……風呂、行きましょうか」

狭いベッドで二人並んで寝転がり、天井を見上げながら、坂本が囁いてくる。さっきから彼の手は乾いてしまった二人の残滓を擦り取ろうとでもするかのように、俺の胸や腹を撫でていた。

「くすぐったいよ」

そう言い、身体を捩ると、坂本は俺の背に腕を回し、胸に俺を抱き寄せてきた。彼に導かれるままに、厚い胸板に頬を寄せ、鼓動の音に耳を傾ける。

結局、挿れなかったな——あれからもう一度、互いに達し合いはしたが、そのときも彼はいつものように挿入はせず、二人の雄を摑んで扱き上げたのだった。

どうして挿れなかったのか、とぼんやり考え、もしかして、俺の『過去』が——強姦されかけた、という過去が、坂本を酷く傷つけたのかもしれない、と思い当たった。

俺自身は、そうトラウマになっていないので、軽い気持ちで告げてしまったが、坂本はショックを受けたのかもしれない。

言わないほうがよかったか、と悔いると同時に、初めて自分の身に起こったあの出来事を、人生から消してしまえればいいのに、という殆ど切望といってもいい願いが胸に溢れ、溜め息が漏れた。

「東野さん……」

いけない、と唇を嚙み、溜め息を堪えようとした俺の背を、坂本がぎゅっと抱き締めてくる。

慈愛のこもったその声に、優しさの詰まった腕の感触に、堪らない気持ちが募り、俺は思わず、彼の胸へと顔を埋め、

「ごめんな」

と小さく呟いていた。

坂本の腕が一瞬俺の背中でびくりと強張る気配がした。が、次の瞬間にはますます強い力で俺の背中を抱き締め、耳元で熱く囁いてきた。

「あなたが謝ることなんて何一つないんですよ」

坂本は——俺の謝罪をどういう意味に取ったのだろう。

『謝ること』はある。少なくとも彼を傷つけてしまったこと。彼に気を遣わせてしまったこと。そして——彼に我慢をさせてしまっていること。

俺はそろそろと手を伸ばすと、二人の身体の間にある彼の雄をそっと握った。坂本は少し驚いた顔をしてそれを見下ろしてきたが、すぐに俺の手を摑んで雄から外させると、その手

を握り締め、微笑んでみせた。

「気にしないでいいんですよ」

「でも……」

一瞬握った彼の雄は、まだまだ物足りなさそうで、硬くなっていた。しかし、それを指摘するのも、我慢させて悪いと思う、とも言いづらくて、口ごもってしまったのだが、そんな俺に向かい、坂本はふふ、と笑うと、

「そのうちにね」

焦りませんから、と告げ、額を合わせてきた。

「……坂本……」

彼の優しさに、胸が熱くなる。思わず名を呼んだ俺に坂本は、にっこりと、それは優しく微笑んだかと思うと、その『優しさ』を裏切るようなことを明るい口調で切り出した。

「大丈夫です。すぐ慣れますって。そうだ、慣れるまで毎日やりましょう。ね？　いい考えでしょう？」

「え？」

がばっと身体を起こし、自身の『やる気』をアピールする。俺は彼の豹変ぶりについていかれず、啞然としてしまっていた。

「さっき希望の光を僕は見ました。そのうちきっと後ろでも感じるようになります。ちょっ

とずつ慣らしながら、一気にいっちゃいましょう！」

『ちょっとずつ』と『一気』は同時に成立しないぞ、とツッコミを入れたかったが、勢いに押され、頷くしかない。

「でもね、つらかったらすぐ言ってくださいね？　僕はいくらだって待ちますから」

その上そんな殊勝なことまで言われてしまったら、ますます何も言えなくなり、俺は再び抱き締めてきた坂本の背中に腕を回し、胸に顔を埋めた。

「好きですよ」

坂本が俺の耳元に囁いてくる。

「……俺も」

自分の声が、彼の胸に震動として響いていくのを感じながら、彼が尚も強く抱き締めるその腕に俺は身体を預けたのだった。


翌朝、出社した俺の机は荒れていた。昨日結局昼前に会社を出てから戻れなかったからだ。

電話メモをチェックしつつパソコンが立ち上がるのを待ってメールを開く。と、いきなり社外から届いた見覚えのないアドレスが目に入り、もしやと思いつつそれを開いた。

『昨日はすまなかった。でもあれは本気だ。これからまたお前と接点ができたことが何より嬉しい。また連絡する。　　　三友商事㈱　中条』

すっかり忘れていた――って俺はニワトリか、と自身に呆れる。

前任の山本さんとはそれこそ週に二、三回は顔を合わせていた。となると、それを引き継ぐ中条とも同じように会うということになるんだろうか。

「………」

なるんだろうなあ、と思わず大きく溜め息をついた俺の後ろから、

「こいつもわかってないですね」

と不機嫌に呟く声が聞こえ、ぎょっとして振り返ると、いつの間にか音もなく背後に忍び寄っていた坂本が、俺のパソコンの画面を覗き込んでいた。

「俺のもんだって言っただろうが」

周囲には聞こえないような低い声で呟くと、坂本がいきなり俺の肩越しに両手を伸ばし、勝手にパソコンのキーを叩き始める。

「おい、やめろって」

中条のメールに『ばーか』と低レベルな返信をしようとしている彼の手を必死になって俺が押さえつけているところに、

「朝からなに、二人してじゃれてんのよ」

と前の席の吉崎の、呆れた声が飛ぶ。

「じゃれてなんかいませんよ」

坂本はにっこりと微笑み、彼女の視線を気にしたらしく俺からしぶしぶ離れると、

「先輩、そのメールの返信、僕にも『絶対に』コピー落としてくださいね」

と吉崎に向けたのと同じく天使の微笑で――といっても目が少しも笑ってないところがまた怖かったが――そう言い、自分の席へと戻っていった。

やれやれ、と溜め息をつきつつ、他のメールをチェックしはじめる。と、ポン、と新しいメールが届いたので思わずそれを開くと――。

『今夜は指三本までチャレンジしましょう』

「…………」

発信人は見るまでもない、と、即行メールをゴミ箱に捨てつつ、隣の席の坂本を睨みつける。

「ね？」

俺の睨みなどどこ吹く風、とばかりに坂本はまたにっこりと微笑むと、

「お前なあ……」

と溜め息をつく俺に向かって、周りに気づかれぬようそっと片目を閉じてみせたのだった。

可愛い顔して悪いやつ

1

「……どう？　……感じてます？」

後ろに挿入された坂本《さかもと》の長い指が、奥の奥を抉《えぐ》るように掻《か》き回す。

「……っ」

仰《の》け反《ぞ》るようにして声が上がりそうになるのを堪《こら》えた俺は今、寮の自分の部屋のベッドの上で煌々《こうこう》と灯《あか》りのつく中、四つん這《ば》いになり腰を高く上げさせられている。

坂本は俺にこういう恥ずかしい格好をさせるのが好きだ。俺が嫌がると、

「わかりました」

とその場では納得したふりをするが、そのうち強引に自分の思うような体勢に持ち込んでしまう。

さんざん快感を味わわされたあとでは俺もすっかり抵抗する気力を失っているので、唯々《いい》諾々《だくだく》と坂本の前で恥部を晒《さら》してしまったり、身体《からだ》が硬いにもかかわらず思いきり開脚させられたりしてしまう。

今夜もまた、始まる前には四つん這いで腰を上げるなんて恥ずかしい、と言っていたとい

うのに、気づけばその姿勢をとるばかりか、腰を揺らしてしまっていた。

恥ずかしい格好をさせはするが、今日も俺がつらくないよう、しっかり腹に腕を回して身体を支えてくれている。

そんなフォローも忘れないところがまた坂本の坂本たる所以で、結局そんな彼の言いなりに、いつも俺はなってしまうのだ。

「声、出しても大丈夫ですよ。我慢しないで」

俺の身体に覆い被《かぶ》さるようにして耳元でそう囁《ささや》きながら、坂本は指をもう一本増やして尚も激しく俺の後ろを掻き回す。

「……っ」

そう言われても素直に声など出せるもんじゃない。女でもあるまいし、どうしても声を上げるのには抵抗がある。

それゆえ唇を噛んで、漏れそうになる声を堪えていると、坂本は俺の耳に舌を這わせ、淫《みだ》らな音をわざと聞かせるようにしながら、先ほど俺が仰け反った場所をまた長い指で抉ってきた。

「……ぁっ……」

俺の雄がどくん、と脈打ち、自然と腰が揺れてしまう。坂本はすぐに気づき、くすりと笑うと、俺が嫌がることがわかっている言葉を敢《あ》えて囁いてきた。

「やらしい動き……東野《ひがしの》さん、欲しいの？」

行為の最中、いやらしい言葉を告げられることを俺は好まない。坂本の囁く『いやらしい言葉』は、『感じてるんでしょう？』とか『こんなにぐちょぐちょですよ』とか『もう勃《た》ってますよ』とか、俺の身体の状態を言葉で表現するケースが多いのだ。

やめてくれ、と言うと、やはり『わかりました』と頷《うなず》くものの、興が乗ってくるとまたすぐ口にする。

いい加減にしろよ、と覆い被さってきた坂本を睨《にら》み、罵詈雑言《ばりぞうごん》を浴びせようとしたが、そのときまた彼がぐい、と奥を抉ってきたので、声が漏れそうになり、慌てて唇を噛んだ。

「我慢しないで……ほら、こんなに熱くなってる。欲しいんでしょ？」

坂本が軽く耳朶《じだ》を噛《か》み、後ろをまさぐり続けながら、またも俺の嫌がるいやらしい言葉を囁く。

前々から思っていたが、坂本にはこういう意地悪なところがある。もしかしたら相当サドッ気があるのかもしれない。そのうち縛られでもしたらどうしよう——などと、勿論《もちろん》そんなことまで考える余裕などなかったが、意地になって首を横に振った弾みに、ベッドから転がり落ちそうになった身体を坂本は後ろからしっかりと抱き直すと、

「ほんとに東野さん、素直じゃないですねえ」

と苦笑し、後ろから指を引き抜いた。

「……っ」

不意に指を失い、内壁が激しく収縮するのが自分でもわかる。

「ひくひくしてる……ほんとに東野さんのここはやらしいなあ」

挿入のために指を抜いたんだろうに、すぐには挿《い》れようとせず一旦身体を離し、俺の後ろをじろじろと眺め始めた彼を肩越しに振り返り睨みつける。

「冗談ですよ、冗談」

坂本は笑ってそう言うと、ようやく彼の雄を後ろへとあてがってきた。既に勃ちきって、先走りの液すら滴らせていたそれは、さんざん指で慣らされた俺のそこにずぶずぶと難なく挿入されてゆく。

「……ぁっ」

その質感に、噛み締めた唇の間から僅《わず》かに声が漏れた。坂本は更に俺の腰を上げさせ、接合を深めようとする。いつの間にか彼に握り込まれていた俺の雄がまた、びくん、と大きく脈打った。

「動いていい？」

それを扱《しご》き上げながら、坂本が俺の耳元で囁く。声など出せる状態ではなかった俺は、無言のまま首を軽く縦に振り、合意の意思を伝えた。途端に激しく坂本が俺を突き上げてくる。

「……くっ……」

指では決して得ることができないこの感覚——内壁を割り、激しく擦《こす》り上げ、擦り下ろす彼の雄は、俺を苦痛ぎりぎりの快楽へと追い込んでいく。

「……はぁっ……んっ……」

前も激しく扱かれ、前後から与えられる刺激に堪《たま》らず声を漏らすと、彼の動きに合わせて自らも腰を動かしてしまっていた。

「……っ……一緒にいきましょ」

坂本が上がる息の下、囁いたかと思うと、俺の返事も待たずに更に激しく突き上げてきた。

「あぁ……っ」

閉じた俺の瞼《まぶた》の裏に閃光が走る。我慢できずに達し、彼の手の中に精液を吐き出したその直後、坂本も俺の中で達し、はあ、と大きく息をつきながらそのまま俺の背中に体重を預けてきた。

「……ちょっとずれちゃった」

くすりと笑った彼が、はあはあと息を乱し、俯《うつむ》いていた俺の顎《あご》を捕らえ、後ろを向かせて唇を重ねようとする。

口づけに応え、舌を絡め始めたが、やがて坂本の雄が再び自分の中で質感を取り戻しつつあることに気づき、慌てて唇を、そして身体を離そうとした。だが坂本はそんな俺の動きを抱き直すことで簡単に封じると、

「今度は一緒にいきましょうね」

と俺の抵抗など無視して、再びやんわりと雄を握ってきたのだった。

結局そのあと、二度も互いに達してしまったのは、坂本と抱き合うのが久し振りであるからだった。

紆余曲折《うよきょくせつ》を経たが——って、それほどのことがあったわけじゃないけれど——坂本と想いが通じ、彼の腕に抱かれるようになってから、早半年が経とうとしている。

最初は苦痛しか伴わなかった彼との行為にも次第に慣れてきた。坂本が言ったとおり『毎日やって慣れましょう!』を有言実行してきたからかもしれない。おかげで最近では気をつけていないと行為の最中声を漏らしてしまうくらいにまでなっていた。

坂本は「その声が聞きたいんじゃあないですか」と口を尖《とが》らせるのだが、ここは腐っても会社の寮、周囲から不審に思われたらどうする、と思うとさすがに我を忘れることはできない。

俺がそう言うと坂本は、

「それじゃあ週末ホテルにでも泊まりましょう」

と嬉々として誘ってくるのだが、薄給の俺たちにはそんな贅沢ができるわけもなく——坂本はラブホテルは使わないというポリシーを持っているらしい。勿論俺だって男同士でその入り口をくぐる勇気は持ち合わせていないが——相変わらず夜中に坂本が俺の部屋へと忍んでくるというパターンを続けていた。

坂本は結構マメな男で、いつも部屋を使わせてもらって申し訳ない、とシーツや布団カバーの洗濯は率先してやってくれている。

俺の下着も洗いたい、と言われるのはちょっと下心が見えていただけないのだが、どちらかというと不精な俺は甲斐甲斐《かいがい》しい彼の世話焼きぶりに随分助けられていた。

そうしてさすがに毎日、というわけではなかったが、結構いいペースでベッドを共にしていた俺たちにもやがて試練のときが訪れた。

ぶっちゃけ、試練でもなんでもなく、単に三月に入り、決算期となっただけなのだが、毎晩深夜まで残業する毎日ではとても余計な体力の消耗を伴う行為に耽《ふけ》ることもできず、我々は半月もの禁欲生活を自ら強《し》いていたのだった。

その『期末』がようやく四月に入った第三営業日の今日終了し、明日は土曜日でもあるし、と久々に坂本が俺の部屋へと忍んできたのだ。

「もう一回やりたいな」

仰向《あおむ》けに寝て、俺を身体の上で抱き締めながら、坂本がうっとりと囁いてくる。

「……明日にしよう」

坂本が尻を摑《つか》んでくるのに既に腰が立たなくなりつつあった俺は、堪らず懇願の眼差《まなざ》しを向けた。

「そんな目されちゃったら……弱いなあ」

坂本が俺と目を合わせ、苦笑してみせる。

よかった、とほっとしたのも束の間、脱力した俺の身体を坂本はいきなり、自分の身体の下に組み敷いてきた。

「おいっ」

思わず声を上げると、

「そんな目されちゃあ、我慢できなくなっちゃうじゃあないですか」

坂本は悪戯《いたずら》っぽく笑い、尚も抗議の声を上げようとする俺の唇を唇で塞《ふさ》ぎつつ、俺の両脚を無理矢理開かせたのだった。


というわけで、土日で精も根も尽き果てた俺は、決算明けの月曜日、目の下に隈を作って出社した。

全く同じ週末を過ごしたはずの坂本は、やけにさっぱりした顔をしているおかげで、爽《さわ》やかさが普段の五割増しになっており、俺としてはどうにも納得がいかない。

四月を迎えた今、坂本は入社二年目、俺は四年目になったわけなのだが、今年はうちのチームには新人が男女共に配属されなかったので――この辺、まだまだ景気は上向かないなと思わざるを得ない――相変わらず坂本は課内で一番下、もう一年パシリに甘んじなければならなくなった。

当の本人は、皆から可愛がられる最年少の特権をフルに使いまくることができるのを、かえって喜んでいる様子だった。

それにしても新人のいない四月はやはり何か物足りないなあ、などと思っている俺の前で、同期の吉崎《よしざき》がいきなり満面に笑みを浮かべ立ち上がった。

「こんにちはぁ！」

俺に話すときより三オクターブは高い声で、入り口へと駆け寄ってゆく。客か？　と振り返ると、そこには三友商事《みともしょうじ》の中条《なかじょう》が誰かもう一人を引きつれて、吉崎に笑顔で会釈をしていた。

「あれ？」

約束していたっけ、と俺は慌てて今日の予定を見たが、やはりアポは特に入っていなかった。どうしたのかな、と思いつつ見守っていると、吉崎が駆け戻ってきた。

「アポはないんだけど、新入社員が配属されたから挨拶に来たんだって。部長も課長もいないけど、応接室にお通ししてよい？」

俺に対するときの彼女の声のトーンは、さっきのよりやはり三オクターブ、下がっている。

「新人？」

へえ、と思いつつ立ち上がり、椅子にかけた上着を着込み、中条を見やった。

「やあ」

と笑顔で右手を上げた彼の後ろには、確かに、彼と同じくらいの身長の男が、かしこまった顔で頭を下げている。

あれが新人か、と尚も顔を見ようとした俺に、

「めちゃめちゃ可愛いよ。お茶、淹《い》れるねえ」

にやり、としかいいようのない笑みを浮かべて吉崎はそう言うと、またもや三オクターブ高い声になり、

「ご案内します」

と彼らへと駆け戻っていった。やれやれ、わかりやすいな、と呆《あき》れながらも、俺は隣の席に座る坂本に、

「お前も来いよ。新人だってさ」

と声をかけ――彼が厳しい顔をし、吉崎の先導で応接室へと向かっていく三友商事の二人の後ろ姿を見つめているのに気づいた。

「なに？」

外面《そとづら》のいい彼は、人前で眉間《みけん》に皺《しわ》を寄せることなど滅多にない。なのにどうした、と、不

思議に思い問いかけると
「あ……」

坂本はすぐさま普段の愛想のよい顔を取り戻し、俺に向かってにっこり笑ってみせた。

「さあ、行きましょう」

立ち上がり、訝《いぶか》る俺の背を逆に押すようにして、応接室へと向かう。どうしたのかな、と思ったが、応接室まではそう距離はなく、問い質《ただ》すこともできなかったので、まあいいか、と俺は追及をやめ、中条と彼のもとに配属になったという新人に挨拶すべくドアをノックした。

三友商事の中条と俺は高校の同級生である。卒業以来ずっと会っていなかったのだが、三ヶ月ほど前にこうして取引先の担当者同士として再会したのだった。

卒業以来会わなかったのには理由があった。高校時代、俺は彼をはじめとする悪友たちに強姦されかけたのである。

その日以来、俺と中条の付き合いは途絶えた。といっても、一緒になって俺を犯そうとした三好《みよし》や坂田《さかた》とは未《いま》だに付き合いを続けているのだが、中条は自分から俺とかかわりを断った挙げ句に関西の大学へと行ってしまったのだ。

そんな彼と、八年ぶりにこうして仕事の上で再会したのは驚きだった。八年ぶりの再会は当初、俺に懐かしさしか呼び起こさなかったが、中条の口からあまりにも意外な告白を聞くにあたり、彼との付き合いはまた違った意味合いを帯びるものになってしまった。

単なる悪ふざけの延長だと思っていたあの高二のときの強姦未遂事件は、実は中条が仕組んだことで、彼はなんと、俺のことが当時からずっと好きだったと——そして八年経《た》った今でも、俺のことを忘れられないというのである。

取引先の中でも、最もといっていいほど、密に連絡を取り合わなければならないポジションにいる彼からいきなりそんな告白をされ、俺は正直弱りまくった。

中条は自分の想いを告げてしまうと、それからあからさまなアプローチを俺に仕掛けてくるようになったのだが、真面目《まじめ》一本槍だった中条の変化に戸惑いながらも、俺はそのすべての誘いをなんとか自力でかわしまくっていた。

坂本に知れるとえらいことになるとわかっていたためである。

坂本は、中条が俺に告白した場に居合わせていて、俺の気持ちは全く彼にはないと知りつつも、常にチェックの目を光らせていた。

俺としては、一度中条とはきちんと向かい合わなければならないな、と思ってはいるのだが、話す内容が内容なだけに、すぐ、というわけにはいかずにいた。

『申し訳ないけど俺には今、好きな人がいるんです』——彼の告白に対する俺の答えはコレなのだが、その『好きな人』が同性である坂本だ、というのが、なんとも言いづらい。

それで先延ばしにしてしまっていたのだが、こうも長引いている一番の原因は、坂本の妨害で中条と二人で会う機会を作れなかったためだった。

そんなある意味スリリングな三ヶ月を過ごしてきたのだったが、新人が配属になればまた少し状況が変わるかもしれない。

よく変わるか、悪く変わるかはわからないが、と内心溜《た》め息をつきつつ、俺と坂本は応接室で、中条と新入社員に向かい合った。

「期末もようやく一段落、だよな？」

時候の挨拶、とばかりに中条が俺に向かって笑いかける。

「ほんと、今期……じゃない、先期もお世話になりました」

俺も笑って答えながら——実際、三友商事には大変先期も世話になったのだ——彼らに席を勧めた。ついでに、ちらと中条の後ろに立つ『新入社員』に目をやる。

吉崎が言ったとおりの『可愛い』外見ながら長身の彼は、俺の視線に気づいて、にっこり微笑《ほほえ》むと軽く会釈をした。

「新人さん？」

俺も会釈を返しつつ、中条に問いかける。

「ああ、今日は彼を紹介しに来たんだ」

中条はそう言うと、席には座らず自分の後ろにいた彼を前に押し出すようにして俺たちに紹介した。

「新人の小林直哉《こばやしなおや》君。俺の下でエレベーターを担当することになった。俺もまだ移ってきて間もないので、東野さんにはご迷惑の二乗になるかもしれないが、どうぞよろしく頼むよ」

「小林と申します。よろしくお願い致します」

紹介を受け、深々と頭を下げながら両手に持った名刺を俺へと差し出す小林の、男にしては綺麗《きれい》に手入れされているピンク色の爪を俺は思わずまじまじと見てしまった。

顔を上げてにっこり微笑むその顔は、ぱっちりした二重の目といい、その目を縁取る密集した睫《まつげ》といい、形のいい鼻梁といい、ふっくらとして薄ピンクにすら見えるその唇といい、ちょいと背は高いが——中条と同じくらいだから、百八十近くはあるだろう——それこそ、坂本よろしく某アイドル事務所にいそうな可愛らしい容貌である。

坂本がどちらかというと可愛い中にも男らしさを滲《にじ》ませているとしたら、この小林はいかにも繊細な美少年——っていうには年を取りすぎているか。大卒だろうし——という感じで、それこそ吉崎じゃあないが、中条と二人こうして佇《たたず》む様は女性たちにとっては目の保養以外の何ものでもないだろうなあ、と俺は軽いジェラシーすら感じてしまっていた。

が、勿論そんなことはおくびにも出さず、俺もポケットの名刺入れから名刺を出すと、

「東野です。よろしくお願いします」

とやはり頭を下げて小林に手渡し、

「そして、これが今年二年目になる坂本です」

俺の後ろにいた坂本を振り返って——笑顔の下に不機嫌さを潜ませているその表情を見て、一瞬あれ、と思い言葉を切った。

「三友商事に入ったとは聞いてたが……奇遇だな」

坂本は一歩前に出たかと思うと、ぶっきらぼうにも感じる口調で小林に声をかけたものだから、俺は驚いてそんな彼と小林をかわるがわるに見やった。中条も驚いたように坂本を見ている。

「本当に……僕も驚いていますよ。坂本先輩」

小林は坂本の視線を真っ直《ます》ぐに受け止めると、にっこりと——それこそ花のように華麗に微笑んでみせた。

「なに？　ここも知り合いか？」

まさか、と驚き、坂本の腕を摑んで問いかける。と、視界の隅で、中条の眉がぴく、と上がったのがわかった。

坂本はかつて、どさくさまぐれに中条に対し『東野さんは僕のものだ』と宣言したことがあり、それ以来中条は俺と坂本の仲を疑っている。

疑っているも何も、二人が付き合っているのは事実で、いつかはそれを中条にも伝えなければならないと思ってもいるのだが、新人の前で修羅場になるようなことは避けねば、と、社会人の常識を働かせ——ってあまりにレベルの低い『常識』だが——俺は慌てて、坂本の

腕を離した。

「もしかして後輩か？」

気を取り直し、坂本に先輩口調で問いかける。

「はい。大学の水泳部の後輩になります」

俺の問いに、はきはきとした口調で答えたのは坂本ではなく、小林だった。

そういえば坂本も水泳部だった、と思い出し、慶大水泳部はオールスター水上運動会か、と思わず新旧アイドル――二年目で「旧」はさすがに可哀想《かわいそう》か――の顔を見比べてしまった。

並んでも全く遜色ない。坂本は身長こそ俺と同じで百七十六くらいだが、顔立ちに華があるし、なんといってもスタイルがいいのだ。

外国人並みの腰の高さといい、すらりと伸びた長い脚といい、顔の可愛らしさとの適度なバランスをみせる、ほどよく厚い胸板といい、本当にかっこいい――と、まるでステージママのように、坂本を小林に対抗させようとしている自分がなんだか恥ずかしい。

「なんだ、君らも知り合いだったのか。なんかコアな集団だよな、俺たち」

中条が笑い、つられたように皆が笑う中、坂本が険のある目線を小林に向けていたのがやけに印象に残り、二人の間にかつて何かあったのか、と思わず探るような視線をこっそり彼らへと向けてしまったのだった。

三十分ほど雑談して中条と小林は帰っていった。話題はもっぱら小林と坂本の大学時代の話で、二人とも水泳部の主将だったこと、インカレに出場できる実力者であったこと、そして何よりその外見で水上のアイドルなどとふざけた呼び名をつけられていたことなどを面白可笑《おか》しく坂本は話し、小林が絶妙なツッコミを入れて我々を笑わせてくれた。

そんなわけで彼らが帰る頃には、俺は坂本と小林の間には何かあったのかと疑ったことなどすっかり忘れていたのだが、エレベーターホールまで彼らを見送ったあと、チン、とエレベーターの扉が閉まった途端に坂本が大きく舌打ちをしたのを聞いて、改めてそれを思い出し、俺はそんな彼の顔をまじまじと見つめてしまった。

「ああ、すみません」

俺の視線に気づいた坂本が、ぶすりと呟《つぶや》く。何かワケありなんだろうか、とそれを聞き出すべく、俺は彼を今までいた応接室へと誘った。

「どうした?」

吉崎がコーヒーを片付けてくれたあとの部屋で、彼を正面に座らせ、不機嫌な顔を覗《のぞ》き込む。

「……いえ……」

坂本は、彼にしては珍しく言葉を濁したが、俺が視線を外さないでいると、やがて諦《あきら》めたように溜め息をつき、苦々しげにその名を口にした。

「……小林ですよ」

「……小林君？」

なんとなく嫌な予感がする。いつにない表情を見せる坂本を前に、俺の胸はざわざわとした嫌な予感に溢《あふ》れていった。

やはり坂本とあの可愛らしい小林の間には、過去に何かがあったのではないか――俺の頭に一番に浮かんだ考えはそれだった。

坂本に抱かれながら、彼は相当男相手でも経験がありそうだと常々俺は思っていたが、だからといって、彼の過去について別に追及するつもりはなかった。

聞くのが怖いというのも勿論あるが、過去より、未来の――これからの二人のことを考えればいいと思うからだ。坂本もそうなのか、今まで付き合ってきた男女についての話題が出たことはお互い一度もなかった。

だが、実際こうして彼の過去にかかわりのありそうな人物が出てきてしまうと、動揺を抑えることができない自分に、僅かな苛立《いらだ》ちを覚えた。

過去は過去、今は今――わかっていても、小林の愛らしい微笑みが目の前にちらつき、酷《ひど》く落ち着かない気持ちにさせられる。

そんな俺の気持ちを知ってか知らずか、坂本は暫《しばら》く黙り込んだあと、大きく溜め息をついたかと思うと、心底嫌そうな顔になり、吐き出すようにしてこう告げた。

「まさか、また奴とかかわることになろうとは思いませんでしたよ」

「かかわるって……」

今までどうかかわってきたというのだろう。同じ水泳部だったということだろうか。それ以上に何か『かかわり』があったんだろうか、という疑問が口調に表れてしまったのか、坂本は、一瞬きょとん、としたように俺を見たが、やがて苦笑し、

「東野さん」

と俺の名を呼んだかと思うと、不意に立ち上がり、テーブルを跨《また》いでなんと、俺の膝《ひざ》の上に向き合うかたちで腰を下ろした。

「おい、やめろよ」

慌てて身体を引こうとする俺を抱き寄せ、坂本が額を合わせてくる。

「人が来るだろ」

離しなさい、と俺が睨むと坂本は、くす、と笑い、おとなしく立ち上がった。

「……もしかして、妬《や》いてるの？」

問いながら扉へと向かった彼は、あろうことか内側からボタン錠をかちゃりとかけると、再び俺のところに戻ってきた。

「……なんで鍵かけるかな」

またも睨んだ俺の上に、坂本がさっきと同じように座り、背を抱き寄せながら口を開く。

「人が来ないようにに決まってるじゃないですか」

そう告げると同時に彼は唇を重ねてきた。

仕事中なんだぞ、やめろ——と、ここは拒絶するべきだろうに、ちょっとだけならいいか、と自分を甘やかし、彼の舌に己の舌を絡めていく。

ずり、と彼がより前へとずれ、身体を密着させてきた。そんな彼の背に腕を回し、そのまきつく抱き締める。

だんだんと口づけが激しくなってきたのに、俺の雄は如実な反応を見せ始めた。ヤバい、と腰を引こうとしたことで、逆に気づかれてしまったようで、坂本は軽く腰を浮かせると、彼もまた熱く形を成していた自身の雄を俺のそれへと押し当ててきた。

「……っ」

昼間っから、そして神聖なオフィスで一体何をするつもりだ、と俺はさすがに抵抗し、彼の背から腕を解《ほど》いて、胸を押しやろうとした。が、坂本はキスをやめようともせず、ますます強い力で俺を抱き寄せてくる。

「……いい加減に……っ」

しなさい、とようやく唇を離し、低く唸《うな》ったそのとき、コンコン、とドアをノックする音が響き、俺たちはその場で一瞬固まってしまった。

「やば。ここ、使うのかな」

坂本が素早く立ち上がり、腕を摑んで俺をも立たせてくれる。前がちょっとつらかったがそのまま二人そ知らぬ顔をしてドアまで進むと、鍵をあけ外へと開いた。

「……いいかな?」

不審そうに眉を顰《ひそ》めながら、隣の課の村木《むらき》課長が部屋の中を覗き込む。

「失礼しました。終わりました」

どうぞ、と坂本がいつものアイドルスマイルでそう答え、俺たちは村木課長とその来客の横をすり抜け、そそくさと自分の席へと向かった。

「トイレ寄っていきません?」

坂本がちらっと振り返り、意味深に俺の下半身へと目を向けながらそう笑う。

「寄っていきません」

トイレで何をするつもりだ、と、俺は無愛想に答えると、本当にいい加減にしろよ、と彼を睨みつけ、そのまま自席へと戻ったのだった。

結局、小林との関係を聞くことはできなかったな、と気づいたのは、席について暫く経ってからだった。

本当に俺はニワトリ並みに記憶力が悪いんじゃないかと落ち込んでしまう。そもそも、俺にそのことを思い出させたのは、吉崎からのメールで、彼女がいつもの癖を出さなければ、当分思い出さなかったに違いない。

『三友商事の新人、超可愛いじゃん! 飲み会、セッティングしてしてしてして! 一生のお願い！』

『一生のお願いが何回あるんだ』

と返信したところに、ちょうど他のメールが入った。誰からだ、と開くと、なんと中条からで、

『新人も来たことだし、親睦を深めるためにも飲み会をやらないか？　坂本君と小林は先輩後輩だそうだから、彼も誘って。どうかな』

というタイムリーな内容だった。

あまりのタイミングのよさに、つい、吉崎にそのメールを見せ、

「お前もこれに来ない？」

と誘ってしまった。

「行く行く！　東野君、いいとこあるじゃん！」

吉崎は超乗り気で大喜びだったが、坂本は少し嫌そうな顔で、そうですね、とおざなりな返事をしただけだった。

俺は早速中条に、こちらからは自分と坂本とアシスタントの同期の女性を連れていくので、日程を合わせよう、と返信し、何度かのメールのやり取りのあと、来週の水曜日にこちらの招待で、と話が決まった。

いつもならこんなふうに俺と中条が日に何度もメールや電話のやり取りをしていると、必

ず横で目を光らせている坂本が、今日はなぜかずっと不機嫌そうな顔でパソコンに向かっていた。

といっても、彼の機嫌が悪いと察したのはきっと俺くらいだと思う。他人に自分の機嫌の良し悪しを気づかれるようなヘマを、坂本がするはずがなかった。

なぜ、彼の機嫌は悪いままなのか、俺はそれが気になって、午後になってからも、ついつい何度も坂本を窺《うかが》ってしまっていた。

そう、坂本は人前でそんなに自分の感情を露わにするタイプではないのだ。いつもにこやかで感じがよくて、というのが彼のウリでもあるのだが、小林を目の前にしたときの彼は、あきらかにいつもの彼ではなかった。

俺や中条という『人目』があるというのに、感情を露《あら》わにしていた坂本の顔が蘇《よみがえ》る。

小林に向けられた坂本の、あの厳しい視線は、一体何を意味しているというのだろう――また俺の胸に、もやっ、とした思いが立ち上る。

自分では認めたくはないが、その思いはどう考えても――嫉妬だった。

「帰りましょうか」

期末の処理がすべて終わっていたこともあり、午後七時にはもう仕事が片付いてしまった。それを待っていたかのように、横から坂本が声をかけてくる。

「ああ」

返事をし、立ち上がった俺の胸にはまだ、なんともいえないしこりが残っていた。が、坂本がいつもと少しも変わらぬ笑顔でいるのを見て、自分もいつもと変わらぬように彼に接しなければいけないな、と考え、実行することにした。

「こんな時間なのに、誰もいないんですねえ」

坂本がぐるりとフロアを見回す。確かに今日は決算期明けの月曜日だからか、まだ七時だというのにフロアはもう俺たち以外無人だった。

「ほんとだ」

つられて立ち上がり周囲を見回していた俺の手を坂本は摑むと、いきなり自分のほうへと引き寄せてきた。バランスを失い倒れそうになる身体を彼の力強い腕がしっかりと抱き締める。

「……やめろよ。こんなところで」

そのままキスされそうになり、冗談じゃない、と抗《あらが》うと、坂本は、ふふ、と笑い、

「どんなところならいいんですか？」

と唇を重ねてくる。今にも誰かが入ってくるかもしれないこんな場所では、とてもキスに

応じることはできず、俺は、彼の胸を力いっぱい押しやった。

「寮！　寮に帰ってから」

「そうだ、あそこ入りましょう」

だが坂本は俺の言うことなど少しも聞かず、応接室を目で示してみせる。

「駄目だっ」

確かに応接室にはソファはある。ドアには鍵もかけられた。とはいえ、神聖なオフィスでエッチなことなどするべきではない、と、当然の理論を翳《かざ》そうとしたが、それには一瞬遅かった。

「鍵かければ大丈夫ですよ」

にやり、と笑ってそう言ったかと思うと、なんと坂本はいきなり俺の身体を抱き上げたのだ。

「おいっ下ろせよっ」

慌てて手足をばたつかせて暴れたが、坂本はおかまいなしとばかりに、

「暴れると落ちますよ」

などと笑って、そのままずんずんと応接室目指して歩き始めた。

「……何を考えてるんだか」

部屋に到着する頃にはもう、俺も抵抗を諦めていた。坂本が俺を抱いたまま器用に応接室

のドアを開き、鍵をかける。

　そうして俺をソファにそっと下ろすと、坂本は俺と目を合わせ、囁くようにして問うてきた。

「東野さんこそ、何を考えてたんです？」

「『なに』？」

　問われている意味が、今一つわからず、問い返した俺をゆっくりとソファへと押し倒し、上に伸《の》し掛かってきながら、坂本がまた、問いかけてくる。

「昼間ずっとぼうっとしてたでしょ……何を考えていたんですか？」

　坂本の手が俺のベルトにかかる。一瞬その手を俺は上から押さえたが、坂本は気づかぬふりをして強引にベルトを外すと、手早くファスナーを下ろし、中に手を差し入れてきた。

　下着の上からやんわりと握られ、小さく息を漏らす。

「……何、考えてたんです？」

　同じ問いを繰り返しながら、坂本が布越しに俺をなぞりはじめた。彼の手から逃れようとして身体を捩《よじ》ったが、上に乗る彼にすぐに押さえ込まれてしまう。

「……何って……」

　答える声が変に掠《かす》れる。応接室という公共の場所が、恥ずかしいことに俺をやたらと昂《たか》まらせていた。

坂本もそうなのだろう、俺の腿《もも》に押し当てられている彼の雄はあまりにも熱く、硬い。性的興奮が俺を、そして坂本を、積極的にした。

坂本が俺のファスナーの間から手を抜き、やにわに俺のスラックスを下着ごと引き下ろす。既に勃ち上がっていた雄が煌々《とも》と灯る蛍光灯の下に晒し出されると、さすがに恥ずかしくなり、俺は坂本の肩に顔を埋《うず》めた。

坂本はそんな俺の身体を引き剝《は》がすと、にっこりと微笑み、唇を重ねてきた。激しく舌を絡め合いながら、俺は坂本に促されるがままにソファの上で大きく脚を開いた。

後ろを指で押し広げられると、自分でもそこがひくついているのがわかり、羞恥のあまりまた彼から顔を背けようとした。が、坂本は唇を離してくれず、目を開いてじっと俺を見下ろしたまま、器用に片手で自分のベルトを外しファスナーを下ろすと、自身の雄を取り出し、すぐに俺の後ろへとあてがってきた。

「……っ」

ずぶ、とそれが挿《はい》った瞬間、俺は思わず声を上げそうになり、必死で彼の背にしがみついた。角度の問題か、なかなか奥へと挿っていかないのを、俺の脚を肩に担ぐようにして一気に貫こうとする。

「……くっ」

苦痛と快感が同時に押し寄せてくる。

「……大丈夫？」

それで呻《うめ》いてしまうと、坂本は掠れた声で、そう問いかけてきた。

「…………」

大丈夫、と伝えたくて、無言のまま、こくこくと首を縦に振る。それで安堵《あんど》したのか、坂本がゆっくりと腰を使い始めた。互いに着衣のままだったために、俺の雄は彼と自分のシャツの間で擦れ、今にも達しそうになっていた。

「駄目だっ……汚れる……っ」

思わず身体を離そうとすると、

「我慢して」

と坂本は笑い、そのまま激しく突き上げてきた。

我慢しろと言われても、人にはできることとできないことがある。そんな反論ができるわけもなく、俺は必死で自分が達するのを堪え、彼の力強い律動に全身を預けた。

がくがくと自分の脚が彼の肩の上で揺れているのがわかる。自分の奥の——本当に奥まで彼の雄が激しく突き立てられる。

これ以上動かれたらもう我慢できないかもしれない。それを伝えようと、俺は再び彼の背に縋《すが》りついた。直後に坂本も動きを止め、そのまま俺の身体を抱き締める。

「……？」

どうしたんだ、と、俺は上がる息を抑え、首を傾《かし》げて彼の顔を見上げた。

「……これ以上やると……僕も出ちゃいます」

坂本が、照れたように、くす、と笑いかけてくる。

「暫くこうしていましょうね」

快楽のせいで上擦った声で彼はそう言うと、俺の身体をそれは愛しげにぎゅっと抱き締め、俺もその背を同じくぎゅっと抱き締め直したのだった。


お互いの身体がなんとか落ち着いてきた頃、坂本が、ぼそり、と変なことを言い出した。

「東野さん……小林には気をつけてください」

「え？」

意外なその言葉に、まだ彼の雄が挿入されていたために両脚で背中を抱き締めた姿勢のまま、一体何を言い出したのだ、と顔を見上げた。

「あいつは……小林はあんな可愛い顔をしちゃいますが、相当腹黒い奴なんです。気を抜くと酷い目に遭いますから、くれぐれも気をつけてくださいね？」

坂本はそれこそ苦虫を嚙み潰《つぶ》したような顔をしていた。俺は何がなんだかわからず、ただ呆然《ぼうぜん》とその顔を見上げることしかできずにいた。

リアクションがないことが逆に、坂本を我に返らせたのだろう。

「……すみません」

苦笑し謝ると、背中に腕を回して俺の脚を外させ、後ろからまだ勃っていた彼の雄をずるり、と抜いた。

「……っ」

堪らず小さく息を漏らした俺に、坂本がまた愛しげな視線を向けてきたかと思った次の瞬間、俺は彼に強い力で抱き締められていた。

わけがわからない、と戸惑いながらも、俺もまた彼の背に腕を回し、抱き締め返す。

「…………すみません……」

やがて坂本は俺に対し、意味のわからない謝罪をしたかと思うと、ぽつぽつと話を始めた。

「……小林は、水泳部に入部した当初から、僕にやたらとつっかかってきましてね。どうやら一級上の僕をライバル視したらしく、何かと対抗してきたんですよ。冗談か本気か、『水泳部にアイドルは二人いらない』なんて言ってね」

「…………」

俺は坂本が人の悪口を言っているところに遭遇したことがなかった。その彼がこうも悪しざまに言うとは、と驚いていることにも気づかぬ様子で、坂本は語調も荒く小林の話を続けていった。

「あまりに馬鹿馬鹿しかったから相手にしないでいると、奴は僕に対する嫌がらせという意味でだけ、僕の彼女に手を出そうとしたり、教授にあることないこと吹き込んで僕を陥れようとしたりと、卑怯としかいいようのないことばかり、仕掛けてきました。まあ、すべて先回りして計画は潰してやりましたが、それがまた気に入らなかったようで、あれこれ嫌がらせをされましたよ。ようやく卒業して、奴ともすっぱり縁が切れたと思ってたのに、まさか取引先の担当者として顔を合わせることになるなんて……ほんと、ついてないですよ」

「…………」

最後は殆《ほとん》ど、吐き捨てるように告げていた坂本の顔は、酷く不快そうだった。俺は今聞いた彼の話と、小林の印象のギャップに密《ひそ》かに心の中で首を傾げていた。

あの愛らしい顔からはとても坂本の言う『悪賢さ』は想像できない。が、勿論坂本が嘘をつくわけもなく、本当に人は見かけではわからないものだ、と思わず溜め息をつく。

「だからね、東野さん」

坂本は不意に俺へと視線を向けると、きつい語調でこう告げた。

「小林には本当に気をつけてくださいね？　僕が嫌がることなら奴は、なんだってしてきたんですから」

「あ……うん……」

気をつけろ、と言われても、何に気をつけるのかが今一つわからず、返事が胡乱《うろん》になってしまう。それが坂本の不安を煽《あお》ったのか、さも心配そうに彼は俺を抱き締めると、

「僕と東野さんのことを知ったら、奴が何をするかと思うと……心配で堪らないんですよ」

と、耳元で囁いてきた。

「……大丈夫だよ」

東野が、何を心配しているかわからないがゆえに、何が『大丈夫』なのかもわからないまま、それでも彼を安心させてやりたくて囁き返すと、

「大丈夫じゃないですよ」

坂本は少し身体を離し、恨みがましい目を向けてきた。

「え？」

その目は一体、とわけがわからず首を傾げる。

「東野さん……見惚《みと》れてたじゃあないですか。小林に……」

視線の意味を坂本はすぐ説明したあと、ますます恨みがましく俺を見る。

「見惚れちゃないよ」

可愛い顔だな、とは思ったけれど、と言い訳するより前に坂本が、むっとした顔のまま言葉を続ける。

「東野さん、ああいう可愛い系に弱いから、ほんと僕は心配です。しかもあいつは羊の皮を

被った狼なんですよ？　くれぐれも、ほんっとーにくれぐれも、気をつけてくださいね？」

「………」

これってもしかして——彼の言葉を聞くうちに、俺の頭にある考えが宿る。

もしかして坂本は、俺が彼と小林との仲を嫉妬したように、俺が彼に気があるのではないかと、嫉妬したんじゃないだろうか。

馬鹿だな。そんなわけ、ないじゃないか、と思わず笑ってしまうと、

「笑い事じゃありません」

坂本は真剣にむっとした顔になり、俺をじろりと睨んだ。

「ごめん……」

確かに笑い事じゃない、と謝り、新たに芽生えた心配を彼にぶつける。

「俺はともかく、取引先にそんな確執のある奴がきちゃあ、お前が大変じゃないか」

先輩面したわけではなく、本気で俺は心配していた。三友商事とはこの先、それこそ二人三脚で受注にあたらなければならない。いわば仕事の上では大切なパートナーなのだ。

それなのに、普段ポーカーフェイスの坂本がこれだけ嫌悪感を露わにするほど嫌いな相手が配属されたとなると、二人三脚などかなわなくなる。今後の仕事にも、そして予算にも響いてくるとなると大変だ、と眉を顰めた俺の心配を、坂本はにっこりと、それは可憐な笑顔で退けた。

「大丈夫ですよ」

「根拠は？」

当然そこを突いてやると、坂本は涼しい顔で、自信満々な答えを口にする。

「小林と僕とじゃ格が違いすぎます。あんな阿呆の嫌がらせなんぞ、僕にとっては屁でもありません」

「……それにしちゃお前、今日、思いっきり顔に出てたぞ？」

だから俺も気になったのだ。気にしたあまり、昔、二人の間に何かがあったんじゃないかと考え、嫉妬すらしてしまったのだ、と坂本を睨むと、

「だって」

と坂本は口を尖らせ——この顔がまた、可愛いのだが、顔以上に可愛いことを言い出した。

「だって……東野さんが小林に見惚れるから……」

「…………」

可愛い子ぶるな、と笑い飛ばそうとしたが、近く顔を寄せてきた小林の視線は真剣だった。

俺への嫉妬で我を忘れたというのか、と思うと、気恥ずかしさと共に嬉《うれ》しさが込み上げてきて、俺は思わず彼の背をきつく抱き締めてしまっていた。

「それに……昔はね」

坂本はそんな俺の背を抱き締め返しながら、耳元に囁きかけてくる。

「こんなにも大切に思う人がいなかったんです……東野さんが嫌な思いをすることになったら僕はもう……自分で自分が許せなくなる」

「坂本……」

嬉しすぎる言葉ではあったが、聞いているのはやっぱり恥ずかしかった。それで俺は自分から坂本に口づけ、彼の口を塞いだ。

「………東野さん……」

坂本が少し驚いたような顔をして俺のことを見下ろしてくる。

「大丈夫だよ」

唇を離し、俺はそう微笑んで彼を見上げた。昼間感じたジェラシーを我ながら可笑しく思い出しながら——。

「……好きですよ」

坂本も俺に微笑み返すと、今度はゆっくりと彼のほうから唇を重ねてきたのだった。

期末も明けたというのに、その日俺たちが会社を出た時刻は、深夜二時を回っていた。何をしていたかは——言うまでもない。

2

次週の水曜日――。

「お前、その服買ったろ」

俺は呆れて、普段より化粧に三倍くらい手をかけていると思しき吉崎に、タクシーの中でそう声をかけた。

「悪い？」

全く悪びれるふうもなく、吉崎は窓ガラスを鏡代わりにし、自分の顔の最終チェックに余念がない。

「似合いますよ。セクシー系で」

助手席から坂本が後部シートを振り返り、如才なく声をかけている。

「ありがと」

にっこり、と窓ガラスに向かって吉崎は微笑むと、

「東野君もそのくらいのお世辞が言えるようになんないと、いつまで経っても彼女できないよ」

と俺にちらっと視線を投げかけ、また窓ガラスに向かい『にっこり』と笑顔の練習をし始めた。

「お世辞なんかじゃないですよ」

坂本は本当にどこまでも上手《うま》い。誰に対しても、こうして如才なく振る舞っている。

吉崎と俺は同期で、入社したときから同じ課に配属になったこともあり、かなりといっていいほど仲がいい。

とはいえ、今更世辞など言う気がしないほど、互いに『対象外』のポジションをとっているので、深夜のラーメンや焼肉に付き合いながら、付き合っている彼氏の愚痴や、仕事の愚痴、上司の愚痴——って愚痴ばっかりかい——を聞いてはやるが、それ以上の、たとえば一歩踏み込んだ付き合いなど、求めちゃいないのである。

坂本だって勿論、吉崎には何も求めちゃいないだろうが、『円滑な人間関係』のため、リップサービスの一つや二つ、時候の挨拶並みに口にするのだろう。

俺からも坂本からも何も求められていない、といっても、吉崎は容姿はとても可愛いし、よく気がつく上、なかなかさっぱりした性格で、皆からの好感度は高い。

ただ、イケメンには滅法弱く、これだと思った相手にはまっしぐら、ゲットのためにはなりふりかまわない、というある意味大変正直、ある意味大変強烈な中身を知っているだけに『いい子だよ』と言い切ることはできない。

友人や同僚として付き合うのには申し分ないのだが、と、まだ窓ガラスに向かい、笑顔の練習をしている彼女を見やり、やれやれ、と俺は密かに溜め息をついた。

着飾った吉崎と、普段どおりの俺と坂本を乗せたタクシーは一路、三友商事との接待の会場に向かっていた。場所は吉崎の選択で麻布のエスニック料理店、今回は新人歓迎、ということで弊社が招待する形をとらせてもらった。

先方は中条と小林の二人で来るらしい。管理職がおらず、若者オンリーとなったことで、一際はしゃぐ吉崎を横目に、俺はなんとなく緊張していた。

告白されて以来、ツーショットでの飲みを断り続けてきたため、中条とがっつり飲むのはこれが初めてだ、というのもその理由の一つだが、何より先週、坂本から小林との確執を聞いてしまったことが気になっていた。

今夜、坂本と小林の間で火花が散るのではなかろうか――それを回避するためにも、やっぱり吉崎を誘ったのは得策だったかもしれない、と俺は張り切る彼女の背中に向かって密かに、頼むよ、と両手を合わせた。

十九時開始、と連絡してあったので、十分ほど早めに店に着いたのだが、既に中条たちは到着していた。

「お待たせ」

慌てて用意された席へと向かうと、

「いや、早く着きすぎた」

中条は笑顔でソファから立ち上がり、彼の横で小林もにっこりと微笑み会釈した。

「……可愛い……」

俺の後ろでぼそりと吉崎が呟く。

確かに顔は可愛い。が、坂本によると中身は相当腹黒いという。本当に人は見かけによらないなあ、と思いつつ、俺はさりげなく吉崎を中条と小林の間に座らせ、坂本は中条の前、自分は小林の前の椅子席、というポジショニングをとった。

俺が最下座になる不自然は否めないが、自分も中条を回避したかったたし、坂本も小林から遠ざけたかったのだ。

飲み会は結構盛り上がった。坂本は接待の席で外した振る舞いをしたことがない。客の心を摑むだけでなくその場を盛り上げるのも彼は得意で、坂本と同席する接待では本当に俺は楽をさせてもらっていた。

中条もさすが商社マンだけあって話術には長《た》けているし——高校時代の真面目一本槍の彼からは想像できない変貌ぶりだ——そして小林も、坂本に負けじと場の盛り上げに一役買っていた。

その姿からは確かに、坂本への対抗意識が見て取れるな、と感じないでもなかったが、もしかしたらそれは坂本に与えられた先入観によるものかもしれない。

目の前で、きらきらと目を輝かせながら、酒で少し上気した頬《ほお》で喋《しゃべ》り、笑う彼の顔からは、坂本の言うようなダーティなイメージは少しも感じられなかった。が、そんなことを言おうものなら、また坂本に『東野さんは可愛い系に弱いから』と呆れられかねない。

現に、ちょっと小林の顔を見ていただけだというのに、今も坂本に机の下で足を蹴られてしまった。

なんだよ、と目で問うと、ちら、と小林のほうを目で示してみせる。だから見てないって、と、俺はさりげなく自分の臑《すね》を坂本の臑へとぶつけた。そうして布越しに互いの体温を感じられるよう、足をその場でキープする。

坂本はすぐに気づいて、会話に夢中になっているふりをしながら椅子ごと俺へと近寄り、更に互いの脚が容易く触れ合えるように二人の距離を詰めた。

二人の視線が一瞬絡み合う。なんとなくエロティックなその瞬間、俺の身体は疼《うず》きかけたが、今はそんな場合じゃないと気を取り直し、ますます盛り上がりを見せる皆との会話へと気持ちを向けたのだった。

エスニック料理の辛さが俺に酒を飲むピッチを上げさせた。そろそろ店を変えようか、と店を出たときには俺は結構酔っ払ってしまっていた。

今、支払いをすませている坂本も顔は赤かったが、こいつは顔に出るほど酔っちゃいないタイプだ。

小林もそうなのだろうか、まさに『紅顔の美少年』といった感じで吉崎の話をにこにこ笑いながら聞いている。中条だけが一人全く変わらない顔色で、ちょっと足元がふらつく俺の顔を、

「大丈夫か？」

と覗き込んできた。と、そのとき、

「お待たせしました」

と坂本が俺と中条の間に割り込んでくると、

「大丈夫ですか？」

と俺の腕を摑んだ。

「大丈夫だよ」

俺はさりげなく彼の腕を振り払うと、

「カラオケでも行こうか？」

と皆を二次会へと誘った。

「行きたい！」

明るい声を上げたのは、やはり少し酔い気味の吉崎だった。

「いいですね、行きましょう」

その横でやはりにこにこ微笑みながら小林が賛同してくれる。歌える店はあったかな、と

俺が頭を巡らせていると坂本が、

「『カフェコート』がありますよ」

とすぐに携帯から電話をしはじめた。

会話の様子から今から入れるらしいことがわかり、それじゃあ行こうか、と俺が言おうとしたそのとき、

「じゃああとは若者に任せて、俺たちは軽く飲みに行こう」

いつの間にか俺の後ろへと回り込んでいた中条がいきなりそう言い肩を抱いてきた。

「え？」

驚いて振り返ろうとした際、足元がよろけてしまった俺の身体を、肩に回った中条の手が支えてくれる。

「飲みすぎたんだろ？　無理するなよ」

小声で囁いてきた彼に、

「いや、大丈夫だけど」

と答え、身体を離しながら俺は、参ったな、とちら、と坂本を見やった。

「いいじゃないか、な、小林、あとは頼んだぞ」

中条は強引に俺の背に手を回し、それじゃあ、と半ば唖然《あぜん》としている皆に背を向け歩き出そうとする。

「東野さん」

慌てて坂本が俺たちのあとを追ってくる。振り返ったときに、所在なさげに佇む吉崎と小林の姿が目に入った。さすがに吉崎を一人残してはいけないだろう、と俺は足を止めると、坂本に向かって、

「悪いがあとは頼んだ」

と拝む真似をした。

「頼むって……僕も行きます」

坂本は俺が拝んだその手を摑むと、ぐっと強く引き、俺を中条から離そうとする。

「吉崎どうするんだよ。頼むよ」

俺は坂本の手を振り解くとポケットから財布を出し、タクシーチケットを二枚取り出して彼に握らせた。

「小林君の分と、お前と吉崎の分。じゃあ、寮で待ってるから」

他社の人間である中条を前にそうまで俺に言われてしまっては、さすがの坂本も引き下がるしかなかったようだ。

「わかりました」

ぶすっとしたまま頷いたのだが、中条が再び俺の背に腕を回しながら、

「そうそう、小林君とも積もる話があるだろう」

と言ったのには、じろりと険悪な視線を向け、

「それじゃ、また寮で」

とわざとらしいくらいの念押しをしてから、二人のもとへと戻っていった。

不審がる吉崎には、チケットを貰《もら》ってきた、とでも言ったのだろう、吉崎が笑顔になり、こっちに向かって手を振ってくる。それを見てようやく俺はほっと胸を撫《な》で下ろし、中条に促されるまま彼の停めたタクシーに乗り込んだのだった。


俺が中条の誘いに乗ったのは、彼の気持ちを受け入れることはできないとはっきり告げるいい機会だと思ったからだった。

それにしても、自分の社の新人や、うちの坂本や吉崎を目の前に、俺だけを誘い出す、なんて思い切った行動をとるとは、少しも顔には出てないが中条も相当酔っているのかもしれない。

車に乗り込んでしまうと中条は考え事をしているのか、じっと車窓の外を流れる風景を見つめ一言も口を開かなかった。

それをいいことに俺は、どうやって坂本とのことを、できれば彼の名を出さずに中条に告

げるかを、同じように反対側の車窓から、後方へと流れる車のライトを眺めながら真剣に考えていた。

もともと、中条が俺を好きだと告白してきたこと自体が普通で考えたら異常事態だ。が、それを断るのに『実は俺は別の男が好きだから』というのも、異常の二乗というか――別に座布団が欲しかったわけじゃあないが、なんだかいい語呂合わせだ。って、我ながら逃避してどうする――なかなか言い出すのは困難そうだった。

ともかく、ここは率直に『ごめん』と謝るしかないか、と溜め息をついたとき、不意に中条がタクシーを停めた。

「ここでいいです」

そこは六本木の街中で、もしかして、と思っていると中条は、俺も昔使ったことのあるバーへと入っていった。

座り心地のよいソファ、スペースが布で仕切られ、他の席からは中を覗くことができない店の造り――まさに相手を『口説く』のに最適な店である。

自分が下心を持ちつつ使った店であるだけに、中条の心中を俺は必要以上に深読みしてしまい、これは気をしっかり持たないとな、と妙な覚悟を決めながら彼のあとについて店の奥へと進んだ。

「強引だったかな」

注文していたハーパーの水割りとストレートが運ばれてくると、中条はソファに深々と座り、俺に向かって悪戯っぽく笑って見せた。

「強引というか唐突だった。小林君はいいのか？　きょとんとしてたぜ？」

水割りを舐《な》めながら、ちょっと濃いな、と顔を顰《しか》める。と、中条がチェイサーとして運ばれてきていたミネラルウォーターを俺の前へと差し出してくれた。

「サンキュー」

正直水が飲みたかった。ごくごくとコップの水を飲み干している俺を、中条がじっと見つめる、そんな彼の視線を感じてはいたが、俺は自分からはどうしても話を切り出すことができず、カタン、と空になったコップをテーブルへと戻すと、途端に手持ち無沙汰《ぶさた》になってしまった両手を膝の上で組んで、布で仕切られたこの小さな空間をぐるりと見回した。

「東野」

名を呼ばれ、え、というように正面に座る中条へと目をやる。

「隣に行ってもいいか？」

返事をするより前に、中条は立ち上がり、俺の座るソファへと移動してきた。

「……もう来てるじゃないか」

呆れてそう言う俺の肩を、中条の右手がぐいと抱き寄せてくる。

「……絶対変だ。男同士で何やってると思われるぜ」

いくら周囲から遮断されているとはいえ、ラブシートに二人並んで腰掛けている上に肩まで抱かれちゃ、人に見られたらなんと申し開きをすればいいかわからない——って、見られなきゃ何をしてもいいというわけじゃ勿論ないんだが。

「誰も見やしないよ」

中条はそう囁くと、今度は膝に置いた俺の手を、左手で握り締めていた。

「……あの……中条？」

これはいよいよ言わねば、と俺は心を決めた。このまま口説かれモードに突入してしまってはますます面倒になる。鉄は熱いうちに打て——ちょっと違うか、と俺は中条の目を真っ直ぐに見返したのだが、次の瞬間、不意に抱き寄せられたと同時に彼に唇を奪われていた。

「……っ」

冗談じゃない。こんな公共の場で——って場所が問題なわけじゃないが——と、俺は慌てて彼の腕の中から逃れようともがいた。が、中条は俺をソファへ押し倒しそうな勢いで、そのまま体重をかけてくる。

息苦しさで僅かに開いてしまった唇の間をこじ開けるようにして彼の舌が差し込まれた。無言で争いながらも俺は、音が隣に響くだろう、なんといっても布で仕切られているだけなのだしと、目で中条にやめろ、と必死で訴えかけた。

布の向こうで店員が一瞬立ち止まる気配がする。見られている、と俺は渾身の力を込め、

握られたままになっていた手で中条の胸を押し上げた。中条の唇が僅かに外れる。

「……人がっ……見てんだろが……っ」

俺は尚も必死で彼の身体を押しのけようと手を突っぱねながら、押し殺した声でそう中条を怒鳴りつけた。

さすがに外聞を気にしたのか中条は俺の上から身体を退けたが、横に座ったまま、俺の目を正面から見つめると、

「好きなんだよ」

とぽつりと呟き、再び俺の手を握った。真摯《しんし》なその眼差しに酔いの色はない。

彼の真剣な顔を見ているうちに、俺の胸にどうしようもないくらいの後悔の念が湧《わ》き起こってきた。

告白されて以来、俺は逃げてばかりいてきちんと彼と向き合ったことはなかった。

仕事上でこれから付き合っていかなければならないことを考えると、下手な対応はできない。そう自分に言い訳していたが、仕事上でこれから密に付き合っていかなければならない相手だからこそ、私的な問題は早急にきっちりと片をつけるべきではなかったのではないか。

いや、そんなことより——何より考えなければならなかったのは、中条は真剣に俺に告白した、そのことだ。彼の真剣さに少しも向き合うことなく、この三ヶ月、俺はまるで面倒を避けるかのように逃げ回っていた。

三ヶ月間、彼はどんな思いで過ごしてきたことだろう。ほぼ毎日のように、仕事の電話をかけざるを得ない状況で、自分を避けていることがミエミエの俺を目の前に――。

「……ごめん」

俺は小さな声で詫びると、中条に対し深く頭を下げた。今夜、中条はあんなにも不自然な形で俺を連れ出した。そんなことをさせるまで彼を追い詰めたのは俺だ。彼の真剣な想いを無意識とはいえ軽んじてしまった俺のせいだ。

いつか言わなければならないと思いながら、言いづらいあまりに先延ばしにしてしまっていた俺が悪いのだ。と、そのとき、一人反省していた俺の手を握り締める中条の手に力がこもった。

「東野……」

「本当にごめん」

俺は中条が何か言おうとするのを遮り、再び深々と頭を下げた。中条は無言で俺の手を握り締めている。彼は今、どんな顔をしているのだろう。そう思いはしたが、俺はどうしても顔を上げることができず、俯いたまま三度、

「ごめん」

と中条に向かい頭を下げた。

「……謝るなよ」

頭の上で、中条の声が響いた。あまりに優しげな声音に思わず俺は顔を上げ、彼を見やった。中条はそんな俺の視線を真っ直ぐに受け止めると、かつて彼がよく浮かべていた、どこかはにかんでいるかのような微笑を浮かべ、

「仕方がないじゃないか」

と俺の手を握り直した。

「中条……」

なんと言っていいかわからず、彼の名だけを呼びかける。

「わかってたんだ。俺の気持ちがお前にとって迷惑だってことは……。それでもどうしても、俺はお前に伝えずにはいられなかった。お前が困ることを承知で、俺は自分の想いをお前に告げてしまった」

微笑んだまま、中条は淡々とした口調でそう言葉を続けたが、彼の心中が『淡々と』はしていないことは、震えがちな声からわかっていた。

「……謝らなければいけないのは俺のほうだよ。高校のとき、あんなことをしてしまっただけでなく、こうして再会したあともお前に嫌な思いをさせてしまって……本当に申し訳ない。ごめんな、東野」

「中条」

俺は思わずそんな彼の手を握り返した。中条も俺の手を握り返す。

「……高校のとき……」

俺は——涙が込み上げてくるのを、こんないい年をして、恥ずかしいじゃないか、と必死で堪え、話しはじめた。

「高校のとき、ほんとに俺はお前が好きだったよ……お前が俺を好きなのとは違う気持ちなのかもしれないけど、本当に俺はお前が好きだった。だからあのあと、三好や坂田との付き合いは変わらなかったのに、お前だけが俺から離れていってしまって、俺は……俺は本当に寂しかったよ」

自分でも何を言っているのか、よくわからなくなっていた。

八年の歳月を経てはいるが——外見や印象は垢抜《あかぬ》けて別人ともいえるようになってしまってはいるが、先ほどの俺に対する真摯な謝罪をした彼は、俺の知っている八年前の中条そのものだった。

俺は当時、中条が俺を避けるようになってしまったことが本当に哀しかった。やりきれなかった。あんな奴はもう知らないと言いながらも、卒業式の日、これでもう二度と会えなくなるのかと思うと、その背中に声をかけたいのに、意地を張ってしまって無言で別れたことを、随分後悔した。

中条は——当時の俺にとって、かけがえのない友だったのだ。

それだけは伝えたい、と、彼を見つめ、更に言葉を続けようとする。

「俺は──」

「もういいよ」

中条はくすり、と笑って俺の言葉を制すると、手をぎゅっと握り締め、そして離した。

「帰ろう」

言いながら彼は立ち上がり、俺の残した水割りをその場で一気に呷《あお》った。

「……ああ」

小さく頷きながら俺が立ち上がったとき、中条は俺の身体を一瞬だけきつくその場で抱き締めた。

「ごめんな」

そして囁くようにそう言うと、中条は直ぐに身体を離し、テーブルの上から伝票を取り上げて店の人に合図を送った。

「チケット」

店を出たところで俺がこれで帰れ、とタクシーチケットを渡そうとすると、中条は笑って首を横に振り、

「もう少し飲んでいくから」

と片手を上げて道を下り始めた。俺はどうしてもその場を立ち去ることができず、次第に人ごみに紛れていく彼の後ろ姿が完全に視界から消えるまで、いつまでも目で追っていた。

『ごめんな』

あのとき彼は――どんな顔をして俺に詫びたのだろう。

俺は再び友を得た。そう思ってもいいのだろうか。

喧騒が俺の周りを包む。彼はどんな思いを抱いて夜の街へと消えたのか。それを思いやることはあまりにも驕《おご》った行為のように思えたが、俺はどうしても彼の心情を、その心が傷ついていないことを、祈らずにはいられなかった。

不意に感じた内ポケットからの振動に俺は我に帰った。携帯が鳴っている。開く前から俺はかけてきたのは坂本だとわかっていた。

『もしもし？　東野さん？』

店のトイレからなのか、遠くカラオケの音が聞こえる。

「坂本……」

彼の声が、なぜか俺の胸を再び詰まらせた。

『大丈夫ですか？　今、どこにいるんです？』

心配そうな坂本の声――誰より愛しいその声が、電話越しに俺の耳に響いてくる。

「六本木。中条は今帰った。俺もこれから帰るから」

できるだけ普段どおりの声色を出そうとしても、どうしても語尾が震えてしまった。

『東野さん？』

それに気づいたのか、坂本が更に心配そうな声で俺に問いかける。

「……寮で待ってるから……接待早く終わらせて、早く帰ってきてくれ」

初めて彼に甘えてしまった。言った傍《そば》から、恥ずかしさのあまり、頬にかあっと血が上ってくるのがわかる。そんな俺の紅《あか》い顔を見たかのように、電話の向こうで坂本はくすり、と笑うと、

『すぐ帰ります』

囁くようにそう告げ、電話を切った。

「……さて、と」

俺はそう、独りごちると、タクシーを捕まえるべく大通りに向かって歩き始めた。

今は何より、坂本の力強い手が恋しくて仕方がなかった。逞《たくま》しいその腕を思い浮かべながら俺は、今宵中条との間で交わした会話を坂本にも説明し、彼を安心させてやろうと、一人そんなことを考えていた。

3

次の日、坂本と俺が連れ立って出社すると、吉崎が、

「昨日はどうも」

とさすがに飲みすぎたのか、少し腫《は》れぼったい目をし、頭を下げてきた。

「盛り上がった？」

昨夜、俺に電話をしたあと、それこそ即行で寮に帰ってきた坂本は、驚く俺に何を言う隙《すき》も与えずベッドの上で抱き締め、そのあとはいつもどおり言葉のいらない世界に突入した。

そのため坂本に昨夜の様子を聞く余裕がなかった俺が、一人その場に残されたであろう吉崎に対し、幾許《いくばく》かの罪悪感を覚えつつ尋ねると、

「まあね」

吉崎は俺に向かって肩を竦《すく》めてみせたあと、

「酷いじゃないよう」

と俺の後ろで畏《かしこ》まっていた坂本を冗談っぽく睨んだ。

「ほんと、すみません」

坂本が心底申し訳なさそうに吉崎に対し頭を下げる。

「どうした？」

何かあったのか、と二人を交互に見つつ尋ねると、

「昨夜二次会の店で、坂本君ってばトイレから帰ってきたと思ったら、突然『お開きにしましょう』とか言い出してさ。まあ日付も変わる時間だったから、それはそれで納得できたんだけど、そのあと小林君には私を送っていくとか言ってたくせに、『ちょっと急ぎますから』とか言って、私を一人で帰したんだよ」

『何か』を説明してくれた吉崎は再び坂本を睨み、口を尖らせる。

「どうせ寮じゃなくて『別宅』に帰ったんでしょう？　接待中にカノジョに電話なんてしちゃってさ」

「違いますよ」

坂本は苦笑し否定してみせたが、すぐに、

「ほんと、すみませんでした」

と吉崎に真面目に頭を下げている。そんな彼の姿を見ながら、俺は頬が笑いに緩みそうになるのを必死になって堪えていた。

そんな無茶をしてまで、坂本は俺のところに帰ってきてくれたのだ。そのあとの熱い抱擁まで思い出しそうになり、俺は慌てて気持ちを仕事モードに切り替えると、あーあ、と怠そ

うに伸びをする吉崎を横目に自分の席へと座りパソコンを立ち上げた。吉崎とは違う意味で俺もちょっと今朝はキツい。それを敏感に察したのか、吉崎が、

「そういえば東野君のほうはどうだったのよ？　熱い夜だった？」

と尋ねてきたものだから、俺は思わずログインに失敗するほど動揺してしまった。

「なに言ってんだよ」

慌てて正しいパスワードを入力しながらも、なぜ、吉崎が俺と坂本の『熱い夜』を知っているんだ、と尚も動揺し続ける。

と、横から坂本が、

「そうですよ、同級生二人で僕たちを残して消えちゃって……そのほうが酷いですよねえ」

と口を出してくれたおかげで、ああ、そのことか、とようやく俺は落ち着きを取り戻すことができた。

そりゃそうだ。吉崎は坂本があのあと『カノジョ』の家に行ったと思っているわけだから、まさか俺たち二人が本当に『熱い夜』を過ごしていたなんてことは想像すらできるはずはないのだ。

「軽く飲んで帰ったよ。俺たちはもう若者パワーにはついていけないトシなものでね」

ほっとしたあまり、軽口が出た。同期の吉崎には嫌みにしか聞こえないだろうが、あえてそれを狙って答えると、

「ややつ」

と吉崎も『お約束』の答えを返してくれ、これでこの会話は終わりになるかなと思いながら俺はメールをチェックしはじめた。

「小林君からお礼のメールが来てるでしょ」

パソコンに向かう俺に目線を向け、吉崎が声をかけてくる。確かに小林から参加者全員を宛て先に昨夜のお礼のメールが来ていた。受信時間を見ると今朝の七時半で、こんなに早くから出社しているのか、と俺はそのことにも感心してしまったのだが、

「なんかソツがなさすぎるよねえ」

吉崎は含みのある言い方をし、俺の顔を覗き込んできた。

「なに？　昨夜なんかあったの？」

小林の『腹黒』ぶりについては、坂本からあれこれ聞いていただけに、ちょっと気になり彼女に尋ね返す。

「別になにもないけどさあ」

吉崎はそう口を尖らせたあと、

「なんとなくねえ……小林君って外面いいんだけど、ウラありそうっていうかなんていうか……そう思わなかった？」

と俺に同意を求めてくる。

「……さあ？」

正直俺は、小林にウラがあるなんてことは、昨日の接待の席でも気づきもしなかったので、首を傾げてみせると、吉崎は非常に鋭いことを言い出した。

「なんかさ、すごく坂本君に対抗意識を燃やしてるっていうか、そんな気がしたんだよねえ」

「そうなんだ？」

さすが、イケメンには弱いが数々の修羅場をくぐり抜けてきただけあり、観察眼は鋭い、と感心する俺を前に、吉崎は自分がそう思うに至った経緯をつぶさに説明してくれた。

「坂本君が席を外してるときに、坂本君のことばっかり聞きたがってさ、彼女いるのか、とか、会社での評判はどうか、とか。適当に答えてると、今度は坂本君の大学のときの話とかしてくれたんだけど、モテてモテて大変だった、みたいなこと言いながら、なーんか言い方にトゲがあるんだよねえ。気のせいかもしれないんだけどさ」

吉崎は俺と坂本をかわるがわる見ながらそう続けると、

「なんてったって私、『坂本派』だから。そういうのに敏感なんだよね」

と坂本に向かい、にっこりと微笑みかけた。

「おそれいります」

坂本がふざけて深々と頭を下げる。話を聞くだに、俺は吉崎の洞察力に心底感服してしまっていた。

前々から鋭いとは思っていたが、小林の坂本への対抗意識をなんの先入観もなしにあれだけ短時間で見抜くとは、侮れん——って今まで一度も侮ったことはなかったが。

しかし『坂本派』の彼女には俺たちのことを感づかれないように極力気をつけないとな、と俺は密かにそう思い坂本のほうをちらと見た。

坂本も同じことを考えたのか、顔を上げながら俺のことをちらと見る。二人して笑いそうになるのを堪え、再び視線をパソコンに向けた俺に向かって吉崎は、

「そういうわけだから今度は私も『若者』じゃないほうに入れてよね。これからはもう中条さん一本でいくよ」

とにっと笑って、ちょうどかかってきた電話をとった。

中条ね、と俺は昨夜の彼とのやり取りを思い出し、なんともいえない気分のままにメールのチェックを続けたのだが、そんな俺に吉崎が、

「噂をすれば……の中条さん。昨日のお礼だって」

と電話を回してきた。

「ああ……」

答えながらも俺は、どういう顔をして——って電話だから顔は見えないが——彼とこれから向き合えばいいんだろう、と少し躊躇《ちゅうちょ》した。が、当然ながら、いつまでも電話に出ないわけにもいかず仕方なく受話器をとる。

「お電話代わりました。東野です」

『昨日はどうも』

受話器の向こうからは今までと全く変わらぬ口調の中条の声が響いてきた。

「こちらこそ……二軒目、ご馳走になってしまって」

答える俺のほうがぎこちない。坂本が俺のほうを心配そうにちらと見たのがわかった。

『いや、もともと俺が強引に誘ったんだからいいさ。小林もすっかり世話になったみたいで……今度は俺たちが仕切るから、また是非飲みに行きましょう』

中条はそう笑うと、吉崎さんと坂本君にもよろしく、と言って電話を切った。

「皆さんによろしくだって」

電話に聞き耳を立てていた吉崎と坂本に、すぐそれを伝えてやる。

「やっぱり爽やかだよねえ」

吉崎がうっとりした口調になるのに、

「吉崎さん、中条さんのゲット頑張ってください。僕、応援しますから」

坂本がなぜか目を輝かせ、拳《こぶし》を握り締めてみせた。

どうせ俺から中条を引き離す絶好のチャンスだとでも考えたんだろう。もう、彼とは終わってる——って始まったこともなかったけど——と結局まだ伝えてなかった。あとでちゃんと伝えなきゃな、と思っているところに、また、メールが届く。誰だろう、と思って開くと

それは今、電話を切ったばかりの中条からで、

『昨日は本当にすまなかった。勝手な言い分だが、どうか昨日のことは忘れてくれ。これからは昔のように、友人同士として仕事を頑張っていこう』

と書いてある。

「……やっぱり爽やかだよな……」

文面を見て俺は、思わずぼそりと呟いてしまった。

「なにが？」

敏感に何かを察したらしい坂本が、強引にパソコンの画面を覗き込もうとする。

「なんでもないよ」

本当になんでもないのだ、という思いのもと、俺は坂本に微笑むと、

「さあ、いい加減仕事しようぜ」

と吉崎と彼に向かい、檄《げき》を飛ばしたのだった。


それからひと月が過ぎた。中条とはあれから何度も顔を合わせたが、本当に彼はそれまでと全く変わらぬ態度で俺と接し、ときには厳しく、ときにはふざけながら共に仕事に取り組

んだ。

中条の社が絡むS駅前再開発の大型ビルディングのエレベーターの受注のために、俺たちは最近毎日のように互いの社を行き来していた。

三友商事が施主に絡んでいるとあってはわが社としてはどうしても逸注するわけにはいかない。三友とは国内販売において、わが社のエレベーターの独占販売契約を結んでいるからだ。

金額的に苦しかったこの件も、中条と連れ立って三友商事の関係部署や、施主に連日通い詰めた結果、なんとか受注の見込みが立った。

その日、三友商事を夕方に訪問した俺と坂本はそれを中条から告げられ、あまりの嬉しさにこれから前祝いに飲みに行こうと中条を誘った。吉崎にも電話をしてやったのだが、残念ながら既に帰ったあとで、こうして俺と坂本と中条と小林はひと月ぶりに同じテーブルを囲むことになったのだった。

「いやあ、ほんと、今回は世話になった。ありがとう」

酒が進むにつれ、俺は本当に感極まってしまって、そう中条の手を握り締めた。実は今回、当社の受注は本当に危ないところだったのだ。

競合他社は他の大型案件のギブを翳した上で、当社より安い価格で受注に乗り出してきた。それをひっくり返せたのも、全て中条のおかげだ。

中条が社内を奔走し、施主を説得してくれたおかげで、めでたく今回受注に至ったのだった。感謝してもしきれない、と中条の手を尚いっそう強い力で握り締めると、中条は俺の手を握り返しながら、世辞としかいいようのないことを言い、俺に微笑みかけてきた。

「何言ってるんだ。お前の粘り勝ちだよ。再開発組合の面々も感心してたぜ。山本《やまもと》さんが言ってたお前の『捨て身の営業』、実際目の前で見てこっちが勉強になった」

「いや、中条のおかげだって。随分社内でゴリ押ししてくれたんだろう？　建設部から俺まで嫌みを言われたくらいだから、お前への風当たりもさぞ大変だったんじゃないかと、実は心配してるんだ」

建設部というのは、三友商事でこの駅前再開発を仕切っている部署だった。実際に俺は、この部の若手から、中条がエレベーターを当社に受注させるために随分無理をしたという話をそれこそ嫌みっぽく聞いていた。

「スペックはもともとこっちが勝ってたんだ。それをギブを逆手に横取りしようとするあの会社の体質が気に入らなかっただけさ」

と中条は笑うと、

「まあ無事受注の見込みもついたし、今日は飲もう、な？」

と再び俺の手をぎゅっと握った。

「いつまで手ぇ握り合ってるんですか」

後ろからぼそりと坂本が、俺にだけ聞こえるように囁いてくる。そういえばそうだな、と俺は何気なく右手を引っ込めると、

「飲もう飲もう、今日の酒は美味《うま》いぜっ」

と中条のグラスに自分のグラスをぶつけた。

そろそろ閉店です、と店の人が言いに来る頃には、俺はもう一人で立っていられないくらいにベロベロに酔っ払っていた。店を変えるかどうしようかという話になったとき、俺の酔いっぷりを見て、やっぱり帰ろうということになったらしい。

「大丈夫ですか?」

と俺の顔を覗き込んでくる坂本と、

「飲ませすぎたかな、大丈夫?」

とやはり心配そうに俺の顔を覗き込む中条に俺は、

「大丈夫、平気」

と答えたが、我ながら呂律《ろれつ》が回っていないことが可笑しくて、一人で笑ってしまった。

中条がますます心配そうに声をかけ、それを受けた坂本が、

「大丈夫そうじゃないなあ」

「大丈夫です。僕がつれて帰りますから」

とつっけんどんとも取れる口調で答えている。こんなに世話になったんだ、つんけんしち

ゃ駄目だろう、と俺が口を挟もうとしたとき、くすり、と笑う声が響いた。

え？　と思ってそのほうを見ると、そこには支払いをすませてきたらしい――今回は中条たちにご馳走になってしまったのだ――小林が戻ってきていて、俺の視線に気づくと、見ようによっては意地の悪い微笑を浮かべ、思いもかけないことを言い出した。

「いや、すみません。なんだか東野さん、お姫様状態だなあと思って」

「……どういう意味だよ？」

小林の悪意に気づいたのは俺だけじゃなかったらしい。もっと過敏に気づいた坂本が眉間に縦皺を刻み、小林につっかかる。

「意味なんてないですよ。ただ、今回の受注にしても、本来であれば他社さんのほうが条件もいい上に、役員クラスにも話を通しているにもかかわらず、中条さんってば『東野が、東野が』の一点張りで、半ば強引に話を持ってってたものだから、随分部内でも立場悪くなっちゃってるのに、東野さんはそんなことも知らないでそうして浮かれて酔っ払っちゃってる。その挙げ句に坂本先輩や中条さんから心配までされてるってことに、きっと本人気づいていないんじゃないかなあって思ったら、ついね」

「やめろ」

中条が小林を睨んだのと、坂本が、

「なに？」

と彼の胸倉を摑もうとしたのは同時だった。俺は慌ててそんな坂本を後ろから抱き止め、彼の動きを制した。

「中条さんも人がよすぎますよ。高校の同級生だかなんだか知りませんが、あれだけ無理してやった挙げ句に『粘りの営業』とか持ち上げちゃって……ここでガツンと価格を今の八掛けくらいに下げさせないと部長への申し開きはできないじゃあないですか。本当に一体何考えてるんだか……東野さんに弱みでも握られてるんじゃないでしょうね？」

「やめろって言ってるだろう」

憎々しげに続ける小林の言葉を、中条は彼を小突いてやめさせた。俺はただただ呆然と、そんな彼らの姿を眺めていた。

そこまで中条が無理をしていてくれたとは、俺は想像すらしていなかった。

考えてみれば当然かもしれない。価格も安く、別件で強力なギブを示している他社を蹴ってわが社の製品を入れるだけのメリットは三友商事にはない。ここでそんな無理はしなくても、国内の独占権は有しているわけなのだから、わが社が三友商事に背を向けることはないのである。

それなのに無理を通して当社を採用に導いてくれた中条は、小林の言うとおり社内での立場を危うくするほどに手を尽くしてくれたのだと思う。

それなのに俺は、受注の話に盛り上がり、こうして酒までご馳走になって浮かれてしまって——やりきれない気持ちが湧き起こり、唇を噛む俺の耳に悪意のこもった小林の声が響く。

「やめますよ。やめますけど、中条さんがどれだけ無理したかは皆さんには知っておいてもらいたかったんです。しかし、本当にどうしてそんな無理したんです？　高校時代、東野さんとの間に何かあったんですか？」

口調だけでなく、悪意のこもった視線を俺に向けてくる小林に坂本がまた摑みかかろうとするのを俺は必死で押さえ込む。そんな俺たちの姿を見やり、小林はにやりと笑うと、

「まさか、あれですか？　今ハヤリのおホモだちってやつですか？　再開発組合の松田《まつだ》さんも東野さんのケツばっかり見てますもんね。まさか中条さんもその手の趣味があるってわけじゃないですよねえ？」

などと言い出したものだから、さすがに温厚な中条もむっとしたらしく、

「一体どういうつもりだ？」

と小林の胸倉を摑んだ。殴るのか？　と俺の意識が一瞬そちらへと逸《そ》れ、坂本を押さえ込んでいた手が緩んでしまった。その隙を逃さず坂本は俺の手を振り解くと、

「小林、てめぇっ」

と中条を押しのけて小林の胸倉を摑み、俺が止めるより前にその頰を力いっぱい拳で殴りつけたのだった。

「坂本！」

小林が床に倒れ込んだときテーブルをひっくり返してしまったために、ガシャンと音を立て食器が床に落ちて割れた。坂本は尚も倒れた小林の胸倉を摑んで立たせようとしたが、俺が後ろから彼を力ずくで羽交い締めにし、彼を制した。中条もまた、驚きながらも小林に手を貸して彼を立たせたが、

「今のはお前が悪い」

と彼を睨みつけ、坂本を責めようとしなかった。

「……殴りましたね」

小林はへらへら笑いながら、坂本へと視線を向ける。

「殴られるだけのことをお前が言ったんだろうが」

坂本はまだ殴り足らないといわんばかりに、俺に押さえ込まれながら再び拳を振り上げた。

「坂本先輩にはなんの関係もないことじゃあないですか」

小林はそんな彼を蔑《さげす》んだような目で見たあと、ああ、と何か気づいたふうに笑う。

「坂本先輩も東野さんのおホモだちだっていうんですか？　そういやさっきからベタベタしてましたもんねえ。ほんと、やってられないですよ」

「なにを？」

再び坂本がいきり立つのを、

「やめとけって」

と俺は制し、中条は中条で、

「なに馬鹿なこと言ってるんだ」

と小林の胸を小突いた。周囲から興味津々といった視線を集めていることに気づいた俺たちは、支払いもすませたことだしと、店を出た。

出しなに中条が壊した食器の弁償を、と店に申し出たが、店側はいいです、と言ってくれたらしい。そんなことが観察できるほどに、俺の酔いはすっかり醒《さ》めてしまっていた。

「ほんと、申し訳なかった。小林が言ったことは忘れてくれ」

俺たちをタクシーに押し込みながら、中条がそう俺に詫びてきた。

「こちらこそ申し訳なかった。小林君だが、もし怪我をしてるようならこっちで治療費は持つから、どうか言ってきてくれ」

俺が答えると、中条は笑って、

「自業自得だ。あいつも酔っ払ってるんだろう。不愉快な思いをさせてすまなかった」

と再び頭を下げ、運転手に「出してください」とチケットを渡した。

「いや、それは……っ」

俺がチケットを断る前に車は走り出し、思わず窓をあけて後ろを振り返ったが、結局はタクシーを見送り手を振ってきた中条に対し、俺は手を振り返すことしかできなかった。

車の中で坂本はずっと黙り込んでいた。坂本が小林を殴ったのは俺の名誉を守るためだとわかってはいたが、だからといってそれを注意せずにすませることはできない。

俺は軽く溜め息をついたあと、坂本を叱るべく声をかけた。

「手を出すなんて……お前らしくないぞ」

「もう一発くらい殴ってやればよかった……あの野郎、馬鹿にしやがって……」

坂本の怒りはまだ収まっていなかったようで、低く唸ると自分の掌《てのひら》に右の拳を力いっぱい叩きつけてみせる。

「坂本」

窘《たしな》める意味で俺は少し強い調子で彼に呼びかけ、拳を掌で包んだ。

「東野さん、もっと怒っていいんですよ？　あの馬鹿、何もわかっちゃいないくせに……」

坂本は俺の手を握り返しながらも、まだ唸っている。

「……わかっちゃいないのは俺のほうだったかもしれないよ」

本当にそうだったんだよな、と俺は反省するあまり、はあ、と大きく溜め息をついた。

あの案件を取らなきゃ取らなきゃ、といつものようにがむしゃらに動いていたが、それが中条に絶大な迷惑をかけていただなんて、考えたこともなかった。

めでたく受注できたと浮かれまくったけれど、中条には社内での彼のポジションを左右するかもしれないくらいに無理をさせてしまっていたのだ。

そんなことにも気づかず、彼が誘ってくれるがままに飲み会にまで参加し、挙げ句にご馳走になったばかりか、タクシーチケットまで貰ってしまった、そのことが俺の気持ちを限りなく沈み込ませていた。

小林が俺を責めたのも、先輩である中条のことを思いやれば当然だったのかもしれない。

俺が再び大きく溜め息をつくと坂本は、

「……気にしちゃいけません」

そう言い、俺の手をぎゅっと握り直した。

「…………」

そうはいっても、と顔を上げた俺の目を、坂本が覗き込んでくる。

「中条さんがあなたのために無理をしたと思うことこそ、中条さんに対して失礼じゃないですか？　あなたの知っている中条さんは、業務に私情を挟むようなタイプじゃないんでしょ？　だからあなたも、少しもそんなことを考えられなかったんでしょ？」

「坂本……」

坂本が俺のことを『あなた』と呼ぶことは滅多にない。それだけに、今の彼の言葉はやけに俺の心に染みた。

確かにそのとおりだ。『俺のために』と思うこと自体が中条にとっては失礼にあたるじゃないか、と俺は思い直し、うん、と頷くと無言で坂本の手を握り締めた。

「確かにおホモだちですもんね、僕たち」

堂々と宣言してやりゃよかったですね、と坂本が俺の肩を抱き寄せ、頰に音を立ててキスをする。

「おいっ」

さすがに運転手さんの目が気になり、慌てて坂本の胸を押しのけると、

「冗談ですよ。冗談」

と坂本は笑い、早く寮に着かないかなあ、と窓の外へと目をやった。

「……馬鹿」

口ではそう言いつつも、俺も早く寮に帰って、坂本の背を力いっぱい抱き締めたいと思いながら、同じように車が今どこを走っているのか知りたくて、窓の外を見やったのだった。

昨夜の出来事が思いの外、大事件に発展したことを、朝一番で課長に別室に呼ばれた際、俺と坂本は思い知らされた。

部屋に入った途端、それまで硬い表情をしていた課長は溜め息交じりに、

「困るよ、坂本君」

そう告げ、坂本を睨んだ。

「は？」

「はい？」

坂本も俺も、なんのことだろう、と互いに顔を見合わせる。

「さっき三友商事の北村《きたむら》課長から電話があってね。坂本君、昨夜飲み会の席で小林君を殴ったんだって？　今朝、顔を腫らして出社した小林君を問い詰めてわかったらしいが、本当なのかい？」

課長の言葉に、俺は、あ、と声を上げそうになった。坂本はどう答えるのだろう、と慌てて彼を見やると、

「本当です」

坂本は淡々とした口調で答えてみせ、課長を啞然とさせていた。

「『本当です』って、君ねえ、あちらさんは酷く怒って、君からの謝罪を求めているんだよ。わが社の対応によっては、今後の付き合いも考え直したいとまで言ってきている。小林君とは大学の先輩後輩の間柄らしいが、それとこれとは別だということぐらい、君にだってわかっているだろう？　一体どういうつもりで君は……」

啞然としたあとには怒りがやってきたようで、くどくどと叱責を始めた課長に対し、坂本はひと言、

「どういうつもりもありません。先方には謝罪に伺います」

そう答えると、それでもまだ、君ねえ、と言葉を続けようとする彼に、

「課長にもご迷惑をおかけし、申し訳ありませんでした」

と深々と頭を下げ、その言葉を制した。

席に戻りながら、俺はどうしたらいいのか、と坂本を見やった。俺の視線を感じたらしく、坂本は俺を見ると、

「大丈夫。ちゃんと謝ってきますから。心配しないでください」

とにっこり笑ってみせた。

謝るも何も、先に坂本を挑発するようなことを言い出したのは小林のほうだ。しかも坂本が彼を殴ったのは、俺の名誉を慮《おもんぱか》ったからに他ならない。それなのに彼一人を謝罪に行かせていいものだろうか、と俺は考え、その謝罪には俺も一緒に行こう、と坂本に申し出た。が、

「実際に手を出したのは僕ですから」

と坂本は取り合ってくれず、先方の課長にアポイントメントの電話を入れている。課長は不在だったようで、また電話をすると伝言して電話を切った彼の横で、俺は新たに来たメールに注意を奪われていた。

その当の小林から俺宛てにメールが来ていたのだ。一体なんの用なのかと、緊張しながら俺はメールを開いた。

『昨夜は小職も酔っていたために失礼なことを申し上げ、誠に申し訳ありませんでした。今

朝方課長に呼ばれ、昨夜のことを聞かれた際に坂本先輩の名を出さざるを得なくなってしまい、またご迷惑をかけることになったのでは、と心配しております。つきましては本日にでも本件につき事前にお打ち合わせをさせていただきたく、ご都合をお聞かせいただければ幸甚に存じます。三友商事（株）　小林』

俺は何度も何度も小林からのメールを読み返した。宛て先は俺一人で誰にもコピーは落ちていない。

『事前の打ち合わせ』というが、一体彼は何を『打ち合わせ』ようというのだろう——問題なく坂本の謝罪を受け入れるための相談だろうか、と俺は首を傾げつつも、今日の予定をざっとチェックし、それほど大切なアポはなかったので、そのメールに、

『こちらとしては何時でもＯＫです』

と返信して回答を待った。小林からの返信はすぐに来て、

『でしたら本日午後二時に、Ｓ駅前再開発の現場事務所で』

とのことだったので、俺は了解の旨を返信し、午後の予定の調整を取り始めた。来客が一つ入っていたのを、坂本に振ろうと、

「悪いけどちょっと別件で外出するから、お前頼むな」

と告げる。

「別件って？」

坂本は不審そうな顔をし問いかけてきたが、

「うん、ちょっと……」

と俺が言葉を濁すと、敢えて多くは聞かず、

「わかりました」

と頷き、再び三友商事へと電話をかけ始めた。

先方の課長は居留守でも使っているのか、少しも電話に出てくれないらしい。折り返し、と頼むこともできず、こうなったら突撃かなあ、と坂本は小さく呟きながら自分の予定をチェックしていた。

「俺も一緒に行かせてくれ」

そんな彼にやはり一緒に行く、と声をかけると、坂本は、

「大丈夫ですよ」

と笑って首を横に振る。

「ねえ、なんかあったの？」

不穏な空気を察したらしい吉崎が、俺と坂本、両方に問いかけるのに、答えたのもまた彼だった。

「たいしたことじゃありません」

「ほんと？」

「本当です」

心配し、問いを重ねる吉崎に対し、にっこり微笑んでみせ、何事もなかったように仕事を続ける。吉崎の視線が俺へと移りそうになったのを察し、彼ほどのポーカーフェイスをしてみせる自信のなかった俺は、

「ちょっと出かけてくる」

と、会社を飛び出したのだった。

外出先からそのまま、俺は小林に指定された再開発の現場事務所へと一人向かった。小林の言う『事前打ち合わせ』という用件が気になり、約束の二時より三十分も早く到着してしまったのだ。

いつもなら警備員に止められる入り口も今日は無人だった。工程表を見ると、今日はすべての作業が休みになっている。

そういえば担当しているゼネコンの創立記念日だったな、と思い出しながら、俺は現場の中央にある事務所へと足を運んだ。

「東野さん」

カンカンと階段を上りかけたところで後ろから声をかけられ、驚いて振り返る。

「早いですねえ。まだ三十分も時間がありますよ」

その場に佇んでいたのは小林で、確かに腫れた顔をしていた。自慢の顔の形が変わってし

まったのがむかつくのか、不貞腐れたようにズボンのポケットに両手を突っ込んでいる彼は、普段の愛想のよい様子とはまるで印象が違った。

「……どうも」

なんと答えればいいか迷い、曖昧《あいまい》に挨拶をして頭を下げると俺は、

「話って？」

と階段の上から小林を見下ろした。

「立ち話もなんですからね。事務所に行きましょう」

小林はポケットから鍵の束をジャラリと取り出すと、俺の横を擦り抜けるようにして階段を上っていった。俺は彼に続き、プレハブ造りの事務所のドアの鍵を彼が開いたあと、共に室内へと入った。

「昨夜はすみませんでした。すっかり僕も酔っ払ってしまっていたようです」

向かい合うと小林は殊勝な表情になり、俺に頭を下げてきた。

「いや……こちらこそ、坂本が失礼した。大丈夫かい？　顔、腫れているね」

俺も頭を下げ返し、小林の顔を覗き込んだ。

どうやら彼の目的は、メールに書いてあったとおり、穏便に事をすませたい、そのための打ち合わせのようだと察し、ほっとする。

「ええ、たいしたことありません。でも課長が大騒ぎしてしまって……どうしたらいいのか、

逆に僕も困ってるんです」

　そう言いながら上目遣いに俺を見る小林の目は媚びを含んでいるように見えた。課長に大騒ぎさせたのはお前だろうが、ともう少しで言いそうになったが、敢えてまたここで騒ぎを起こすわけにはいかない、と冷静さを保とうとする。

「それで、お話っていうのはなんでしょう？」

　早いところ打ち合わせよう、と彼に尋ねると、小林は、

「ええ。ご相談なんですが……」

　と殊勝な顔のまま俺へと近づいてきたかと思うと、いきなり俺の両手を捕らえた。

「おい？」

　何事かと驚き、彼の手を振り解こうともがく。

「……おとなしくしてたほうがいいですよ」

　次の瞬間、どすん、という重さを腹に感じ、うっと息を呑む。小林が俺の腹を殴ったからだと気づくのに、数秒のときを要した。

　そのまま近くの机へと突き飛ばされた、と思ったときには、小林が俺の背に乗っていた。暴れる間もなく、小林にネクタイを解かれ、それで両手首を縛られる。

「痛い思いはしたくないでしょ？　お互いに……ね？」

　耳元で囁かれた、次の瞬間、小林に足をすくわれ、埃《ほこり》っぽい床に倒れ込んでしまった。

「……っ」

両手を縛られていたために手をつくことができず、強く腰骨を打ってしまい、激痛に思わず顔を顰める。

「ああ、すみません。大丈夫ですか？」

少しも心のこもっていない謝罪をしながら、小林は俺に馬乗りになり、ベルトを外しはじめた。

「やめろっ！　おいっ！」

身体を捩って彼の手を避けようとしたが、小林の動きは速く、あっという間にベルトを外し終えると、スラックスを下着ごと俺の両脚から引き抜き、下半身を裸に剝《む》いた。

「やめろっ」

なぜこんな目に遭わねばならないのだ。あまりに理不尽じゃないか、と、俺は必死で彼の腕を逃れるために起き上がろうとして暴れまくったのだが、いきなり頰を殴られ、再び床へと沈んだ。

「静かにしてください。いくら今日、事務所は無人だといっても、煩《うるさ》いのは僕、好きじゃないんですよ」

小林は俺に跨がったまま、べらべらと喋りながら今度はワイシャツのボタンを外しはじめる。

「何をする！」

やめろ、と怒鳴る俺の頬を、小林はまた殴りつけると、

「静かにって言ってるでしょう？　わからない人だな」

蔑むようにそう告げ、シャツのボタンをすべて外しきった。前をはだけさせ、下着代わりのTシャツを捲《まく》り上げる。

「僕だってこんな趣味はないんですけどねえ」

溜め息交じりにそう言った小林が、掌を俺の胸に這わせてくる。何がなんだかわからないこの状況に、そして殴られた頬の痛みに、俺は声を出すこともできず、その場で身を竦ませていた。

「……でもねえ、昨日、閃《ひらめ》いちゃったんですよ。坂本先輩のあの怒りよう……意外に僕は正解を言ったんじゃないかって」

小林がゆっくりと手を、俺の胸から腹へ、そしてその下へと滑らせてくる。

「あの人、外面はいいんだけど、他人のためにあれだけ怒ったことないんですよ……それなのに、僕がちょっとあなたのことを誹謗《ひぼう》したらあんなに顔色を変えて……」

「……よせ……っ」

嫌悪感が俺に声を上げさせた。小林が、また、煩そうな顔をし、俺を睨んだあとに、すっと身体をずらし、再び暴れようとした俺の両脚を摑んでその場で大きく開かせる。

「やめろ……っ」

裸に剝かれた下半身に、無遠慮な視線を向けられ、羞恥と嫌悪から叫んだ俺の声などまるで無視し、小林はじろじろとそこばかりを眺めながら、また、歌うような口調で言葉を続ける。

「だからね、きっとあなたは坂本先輩にとって特別な人なんじゃあないかな、って僕、閃いちゃったんですよねえ」

ここで彼は、あ、と嬉しそうな声を上げた。

「見つけた。こんなところにキスマーク……これって坂本先輩がつけたのかなあ?」

言いながら小林が指で俺の右脚の付け根をぎゅっと押す。それを受け、俺の身体は意志に反してびくっと震えた。

小林の言うとおり、彼が押しているその紅い痕《あと》は、昨夜寮に帰ったあとに、坂本がつけたものだった。

俺がその場所が弱いと知っているため、何度もしつこく坂本がつけた痕の上を正確に小林が指で押し続ける。またも身体が反応しそうになるのを、俺は唇を嚙んで必死に堪えた。

「なんだ、やっぱり坂本先輩とはそういう関係なんですか? 驚きですねえ、坂本先輩にその気があったなんて……」

呆れた口調でそう言いながら、小林が尚もしつこくキスマークの痕を弄《いじ》り続ける。

げた。

「違わないでしょ？　まだ嘘つくかなあ」

堪らず叫んだ俺を見下ろし、小林は馬鹿にしたように笑うと、やにわに俺の両脚を抱え上
「おいっ」

「僕、男とはさすがにやったことないんですけど……どんなもんなんでしょうねえ」

暴れる俺を冷笑しながら、小林がその場で俺の身体をひっくり返す。

「……っ」

床に頬が擦れ、焼けつく痛みが俺を襲った。うつぶせの状態から逃げようと暴れる俺の身体を小林は押さえつけながら、腰を高く上げさせる。

「やめろっ」

叫び、尚も暴れようとすると、小林は、

「おとなしくしてくださいって」

と、語気を荒らげ、いきなり俺の睾丸を強い力で摑んだ。

「……っ」

息が止まるほどの激痛に、悲鳴を上げることすらできずその場で蹲《うずくま》る。

「男同士ですからね。弱いところはわかってますよ。だから言ったでしょ？　お互い痛い思

いはしないほうがいいって」

苦痛に呻く俺へと小林は伸し掛かってくると、耳元に囁きながら、俺の後ろに手を伸ばしてきた。

「ここに挿れるんですよねえ？」

彼の指がぐっと後ろに挿入される。またも俺の身体は意思に反し、びくっと大きく震えてしまった。

「……こんなところに挿《はい》るもんなんですねえ。それにしても、凄《すご》い締まりだな」

小林が調子に乗り、俺の後ろに突っ込んだ指でぐるぐると中をかき回す。乱暴なその所作にまた反応しそうになり、嫌悪から前へと逃れようとした俺の肩を小林はしっかり摑んで引き戻すと、再び俺の背に伸し掛かり、耳元で囁いてきた。

「いつもここに突っ込まれてるんでしょ？　どう？　感じてます？」

「ちが……っ」

激しく首を横に振り、彼の手から逃れようと必死で暴れる。

「何が違うって言うんです？」

くすり、と小林は笑うと、俺の後ろをかき回しながら、少し身体を浮かせた。

ジジ、という音で、彼がファスナーを下ろしたことがわかり、ぞっとする。

「……不思議なもんですねえ。相手があなただっていうのにもうこんなになっちゃってますよ」

そう言ったかと思うと、小林は勃起した彼の雄を、指を引き抜いた俺の後ろに押し当ててきた。

「よせっ！」

悪寒《おかん》が背筋を走り、堪らず悲鳴を上げた俺の声などまるで無視し、小林が俺の尻を摑む。

「初体験だ。試させてもらいましょう」

宣言どおり、小林はいきなり雄をそこへと捻《ね》じ込んできた。

「……っ」

激痛が走り、反射的に前へと逃れようとした俺の腰を小林ががしっと摑む。

「……ナイス……ッ」

摑んだ腰をぐっと己のほうへと引き寄せ、小林が低く叫ぶ。接合が深まったせいで、より苦痛が増し、低く呻いた俺の腰を更に引き寄せると、小林は激しく腰を使い始めた。

「……いいっ……女なんかより、全然いいじゃないですか……っ」

下肢を打ち付けながら、小林が興奮した声を上げる。乱暴な彼の動きは苦痛しか呼ばず、あまりの痛みに俺は悲鳴を上げ、必死で前へと逃れようとした。

「……っ……これ、癖になりますよ……っ」

だが小林はそれを許さず、がっちりと俺の腰をホールドしたまま、激しく突き上げ続ける。

「……もう……っ」

勘弁してくれ、と俺が悲鳴を上げたそのとき、小林が達したのがわかった。ずしりとした精液の重さを中に感じ、あまりの不快さから叫び出しそうになるのを堪える。

「……いい……っ……マジでいいですねえ……」

はあはあと息を乱しながら、小林は俺の背中に身体を落としてきた。汗ばむ胸の感触に、背に感じる彼の体重に、吐き気が込み上げる。

何が起こっているのか、当然把握はできていたが、犯されたという事実を認めたくなかった。現実逃避とわかってはいたが、俺はできるだけ頭を空っぽにしようと試み、小林の声を聞くまい、その姿を見まいと、ぎゅっと目を閉じ、未だに後ろに走る疼痛に耐えていた。

「坂本先輩も夢中になるわけだ……ねえ?」

無言でいる俺の反応を見たかったのだろう。未だに雄を俺の中に収めたままの小林が囁きながら、両手を前へと移動させ、俺の雄を摑む。

「やめろっ」

全身に鳥肌が立った。他人に——坂本じゃない他の奴に雄を握られることがここまで嫌悪感を呼び起こすなど、自分でも驚きだった。

彼が俺を扱き上げるたび、本当に嘔吐しそうになる。これ以上好きにさせたくない、と必死で暴れようとしたが、しっかりと体重で押さえ込まれ、逃れることはできなかった。

「暴れないでくださいって」

またも歌うような口調で小林はそう告げ、俺の雄を扱き続ける。そのうちに、彼を厭《いと》う気持ちとは裏腹に俺の息は上がりはじめ、その手の中で雄が熱く硬くなっていった。

「ほら……気持ちいいんでしょ？」

囁いてくる小林の雄も、俺の中で体積を増したような気がする。

「今、どんな顔してるのかな？　顔、見たいなあ」

言いながら小林は、よいしょ、と俺の腹を抱き寄せて身体を密着させると、繋《つな》がったまま俺の体を器用にその場でひっくり返した。

「……っ」

中を抉られるような感触に、俺の雄はまたその硬さを増し、どくん、と大きく震えた。

「……いいの？　感じてるの？」

くすくす笑いながら小林は再び俺の雄を摑み、扱き上げる。

「……いい顔、してるんですねえ。そそられちゃうな」

小林が俺の両脚を抱え上げ、ゆっくりと腰の律動を開始する。奥底に雄を突き立てられ、俺の雄もまた勃ち上がると、先端から先走りの液を零《こぼ》し始めた。

情けない——気持ちではこうも嫌がっているというのに、しっかり身体は反応してしまっている自分が情けなく、俺は必死で彼から顔を背け、唇を嚙んで漏れそうになる声を抑えていた。

「嫌がる顔もいいですよねえ」

ふふ、と小林が笑ったかと思うと、俺の両脚を抱え直し、より接合を深めようとする。また俺の雄は、その感覚に、びくん、と大きく脈打った。

「感じてるんでしょ？　声、出してくださいよ」

ほら、と俺を促しながら、律動のスピードを上げる小林の声が、俺を死にたい気持ちへと追いやっていく。彼の言うとおり、俺はしっかりと『感じ』ていて、雄は突き上げられるたびに、びくびくと反応し続けていた。

「ほらっ……ああ、いい感じだっ……いくっ……いきますよっ」

そのさまを目の当たりにし、小林はより昂まってきたのか、突き上げのスピードを上げてくる。

「いい……っ……あぁ、本当に……っ」

息を乱し、まさに小林が達しようとしたその瞬間、

「何してるんだっ」

いきなり入り口のドアが開かれたと思うと、ドタドタと人が入ってくる気配がした。息が止まるほどに驚き、目を向けた先に立っていたのは——。

「東野さん！」

坂本が真っ青になりながら、俺へと駆け寄ってくる。誰より愛しい男の姿を前に、俺は言葉もなく、夢でも見ているのかとただただ呆然と彼を見つめていた。

「てめぇ、何やってやがるっ」

だが夢ではなかった証拠に、坂本は、俺に乗っかっていた小林の襟首を掴むと、部屋の隅まで吹っ飛ぶほどの勢いで彼を殴りつけた。

「一体何事だっ？」

もう一人、そう怒鳴る男の聞き覚えのありすぎる声に、俺は首を回して声の主を見やった。そこには拳を握り締めて、殴られた小林を睨みつけている中条の姿があった。

「東野さん、大丈夫ですか？」

俺が中条に目を奪われている間に、坂本が俺を抱き起こしてくれた。正面から俺を見下ろす彼の、心配そうな視線に、俺は自分の惨状を思い出し、咄嗟《とっさ》に身体を捩って彼の手から逃れようとしてしまった。

「僕です、僕ですよ？　東野さん？」

坂本が慌てたように声をかけながら、俺の身体をぎゅっと抱き締めてくる。勃っていた雄が彼の衣服に擦れたことで、自分が勃起していることを改めて察し、あまりの情けなさから俺は、更に身を捩り、坂本の腕から逃れようとした。

「東野さん？」

坂本が俺の耳元で、心配そうに俺の名を囁いてくる。

「……嫌だ……」

堪らず俺は彼の腕の中で、そう叫んでしまっていた。

「東野さん？」

坂本が、どうしたの、というように身体を離し、顔を覗き込んでくる。

「嫌だ……」

彼の綺麗な瞳を見た瞬間、泣き出しそうになってしまったのを俺は必死で堪え、激しく首を横に振った。

「東野さん……」

坂本がおずおずと俺の身体からその手を離す。俺は彼から背を向け、床に突っ伏すと、己の願いを叫んでいた。

「見るな……っ」

「東野さん……」

坂本が俺の肩に手をかけ、呼びかけてくる。

「俺を見るな……っ」

もう涙を堪えるのも限界だった。俺は顔を伏せたまま、込み上げる嗚咽《おえつ》をそのまま吐き出していた。

こんな姿を、彼にだけは——坂本だけには見られたくなかった。他の男に抱かれ感じていた証《あかし》を——勃起した雄を、彼にだけは見られたくなかった。

自分の身体が厭わしかった。突っ込まれれば相手が誰であっても反応してしまう、そんな淫らな自分が厭わしくて堪らなかった。

声を上げ、泣きじゃくることを恥ずかしいと思う気持ちの余裕はなかった。子供のように俺はその場で声が嗄《か》れるまで泣き叫んでしまっていた。

「見ません。見ませんから……」

坂本はそう囁きながら、いつの間にか腕の緊縛を解いた俺の身体を背中からしっかりと抱き締めてくれた。

彼の手の温かさに——その力強さに、次第に気持ちが落ち着いてくる。が、それと同時に、彼に対する申し訳なさが募り、新たに込み上げてきた涙を、唇を噛んで必死で堪えた。

「おいっ！　お前、なんのつもりだ？」

部屋の隅で中条が小林の腹を蹴りながら怒鳴っている。

「す、すみません……」

小林は抵抗することもできず、蹲ったまま必死で詫びていた。彼らのそんな様子に気がつく頃には、俺も随分と落ち着きを取り戻すことができていて、今更のように、どうして坂本が、そして中条がこの場に現れたのかという疑問をようやく覚え、それを坂本に問いかけた。

「どうしてここに……？」

「……僕、あのあと三友商事に謝りに行ったんですよ。そこで中条さんに会って、課長が怒っているなんて話は初耳だと言うんで、当の小林を捜したんだけど行方不明で……これは何かある、とピンときて、周囲に小林の行方を聞きまくったら、奴が現場事務所の鍵を持ち出したことがわかり、気になって中条さんと来てみたら……」

坂本はそこで言葉を切ると、再び俺の身体をきつく抱き締めてきた。彼の腕が微《かす》かに震えているのを感じる。俺はそんな彼の背にそっと腕を回すと、

「ごめんな……」

と小さな声で詫びた。

「何を謝るんです？　東野さん、純然たる被害者じゃあないですか！」

坂本が驚いたように目を見開く。

「……ごめん……」

俺は再び謝罪の言葉を口にしながら、小林に犯されたこの身を何より厭わしく感じ、再び叫び出しそうになるのを堪えていた。

高校時代、中条をはじめ、三好と坂田に犯されかけたとき、確かにショックではあったけれども、ここまで俺は衝撃を覚えなかったような気がする。

未遂に終わったものの、行為のあとに足を竦ませていたのは彼らのほうで、俺はそんな彼

らを叱咤《しった》しながら、服を着させ、家まで送らせたのだった。

あのときは——犯されそうになったことを申し訳なく思う相手が俺にはいなかった。無理矢理身体を開かされかけたことを詫びたいと思う相手を俺は持ち得なかったのである。

でも今は——。

今、俺は心の底から、坂本に対して申し訳ない気持ちでいっぱいになっていた。彼以外の男に犯されたばかりでなく、その行為に『感じて』しまってさえいた自分自身が許せなかった。

もう、彼に合わせる顔がない。そこまで俺は思い詰めていた。

「謝らないでください。なんで謝ろうなんて思うんです」

坂本が俺の耳元で、どこまでも優しい声で問いかけてくる。

「……嫌いに……なっただろ？」

優しくされればされるだけ、自分が許せない気持ちになり、俺は彼の胸から逃れると、再び床へと顔を伏せた。

「なんで嫌いになんてなるんです？　そんなわけないじゃあないですか！」

坂本が心底驚いたようにそう言い、俺の肩を摑んで身体を起こさせると、再びきつく抱き締めてくる。

「嫌だ……」

彼の真摯な眼差しが眩《まぶ》しすぎて、思わずそう呟いた俺に、

「何が……嫌なの？」

坂本が困ったような顔で尋ねる。

「……嫌いに……ならないでくれ……」

それが俺の正直な気持ちだった。坂本に対し、申し訳ない気持ちは募っていた。本来なら身を引くべきだろうとわかっていたが、それでも彼を好きだと思う気持ちを抑えることはできなかった。

「……馬鹿ですねえ。僕が東野さんを嫌いになるわけ、ないじゃあないですか」

坂本がそう言いながら、彼の胸に顔を埋める俺の背を力強く抱き締めてくる。

そんな坂本の背中を、俺は最初おずおずと、やがて力いっぱい抱き締め返していた。

八年前、俺はきっと今より強かったのだろうと思う。力で蹂躙《じゅうりん》されかけたあとも、たいしたことじゃないと確かにそう、考えることができていた。

だが今、俺には身体を汚されたことを申し訳なく思う相手がいる。

それが自分を弱々しい存在へと変えたのだとしても、その男の存在を何にも替え難いものに感じ、愛しいその背中を抱き締め続けた。

「……東野……」

ぽつり、と俺の名を呼ぶ中条の声が頭の上で響く。涙に濡れた頬を晒すのは恥ずかしかっ

たが、俺は顔を上げ、彼を見た。

「……そう、だったのか」

中条は俺を見て微笑むと、そうか、とぽつりと呟いた。坂本が俺を庇《かば》うようにして中条を睨み上げたようだったが、中条はそんな彼の視線を受け流すと、

「……そうだったのか」

とまたひと言呟き、その場を離れた。

蹲る小林のもとに取って返し、彼の襟首を摑んで立たせた中条が、俺と坂本に向かい、深く頭を下げる。

「改めて……詫びは入れるよ」

それじゃあ、と中条は小林を引きずり、事務所を出ていった。

「僕たちも帰りましょう」

ドアを出る彼らを見送ったあと、坂本が優しい声で囁いてくる。

「お前……来客は？」

こんなときなのに、俺は今日のスケジュールを思い出していた。確か坂本には、来客の対応を頼んだはずだ、と彼を見る。

「吉崎さんに上手く言ってもらいましょう」

坂本はしまった、という顔になったものの、すぐにそう笑うと、

「ドタキャンか?」

と驚いて声を上げた俺に、

「まあ、そういうことになりますね」

と肩を竦めてみせた。

「まずいだろ……そりゃ……」

服を整え終えるのを待ってくれた彼が、俺の腰に腕を回す。口では『まずい』と言いながらも、俺はしっかり、坂本の肩にもたれかかってしまっていた。

「まあ、緊急事態だったし」

仕方ない、と坂本はそんな俺を見下ろし、ニッと笑うと、

「僕にとってのプライオリティの一番は、常に東野さんなんですよ」

とあまりに嬉しい言葉を告げ、俺の背に回した手に力を込めてくれたのだった。


結局社には戻らず、そのまま寮へと帰ってしまった俺と坂本は、翌日朝一番にまた課長から呼び出しを受けた。

「いやね、昨夜三友商事から詫びが入ってね。これ以上、事を荒立てたくはない、すべて水

に流してほしいって言うんだが……君たち、心当たりはあるかね？」

不審そうに眉を顰める課長の前で、俺たちは顔を見合わせた。

心当たりといえば、小林が俺を犯したことくらいだが、そんなことは勿論言えるわけもない上に、さすがに小林も、そして中条も、上司に報告はしないだろうから、三友商事内でもそれが問題になったとは思えない。

「わかりません……」

それで適当に言葉を濁し、課長のもとを辞したのだったが、実際、何があったのか、さっぱりわからなかった。

「……一体どうしたんでしょうかね？」

肩を並べて席へと戻りながら、坂本が問いかけてくるのに、

「さあ？」

と俺も首を傾げつつ自分の席に着く。と、応接室の前にいた吉崎が俺たちが戻ったことに気づき駆け寄ってきた。

「中条さん、来ているの。応接室で待ってるよ」

「中条が？」

驚きのあまり思わず俺と坂本は立ち上がり、彼が待っているという応接室へとダッシュした。

「ああ、どうも」

吉崎の淹れたらしいコーヒーを飲んでいた中条は、俺たちが部屋に入っていくと微笑み、立ち上がった。

「……どうした？」

爽やかすぎるその笑みに違和感を覚えつつ、まあ、座ってくれ、とソファを勧める。

「……いや……昨日は本当に申し訳なかった。そのお詫びに参上したんだ」

だが中条は座ることなく、その場で俺に向かい深々と頭を下げた。

「中条……」

詫びてもらういわれはない。あれは小林が勝手にしたことなのだろうし、と中条の腕を摑み、顔を上げさせようとしたが、

「本当に申し訳なかった。小林にはきっちり話をつけさせてもらった。いくら詫びても詫び足りないが、どうか許してくれ」

それでも、と中条は土下座でもしそうな勢いで頭を下げ続け、どうしたらいいんだ、と俺は困り果ててしまった。と、そこに吉崎が俺たちの分のコーヒーを持ってきてくれ、中条と俺の姿を見て一体何事か、目を丸くした。俺は慌てて、なんでもない、というように彼女に目で合図をし、部屋から追い出そうとした。

「ま、まあ座ってくれ。なに？　こ、小林君がどうしたって？」

それでも愚図愚図と部屋を出ていこうとしない吉崎を横目で見つつ、中条を無理矢理ソファに座らせ尋ねかける。

「いや、会社を辞めたいと言ってきてね、課長も退職願を受理したよ。本当に君たちには迷惑をかけっぱなしだったが、どうかこれで許してやってほしい」

それまでの低姿勢はどこへやら、中条はあたかもなんでもないことのようにそう告げると、コーヒーカップを手にとり、ごくりと飲んだ。

「辞めた⁇」

思わず大声を上げたのは俺と吉崎だ。坂本は心底びっくりしたような顔をして中条をまじまじと見つめていた。

「もういいから」

と俺は尚も居座ろうとする吉崎にそう声をかけ、部屋から追い払うと、未練たらたらの視線を向ける彼女を無視して、ドアが閉まるのを待った。

「辞めたって⁇」

吉崎が出ていった途端、中条に向かって身を乗り出し、同じ問いを繰り返す。

「ああ。自分がどれだけのことをしでかしたのか。ようやくわかったらしい。最後は反省して辞めると自分から言い出したよ」

中条は肩を竦めてみせたあと、

「まあ課長にわざわざ『殴られた』と報告したあたりから、俺はもう見切りをつけてたんだがね」

とコーヒーをもうひと口飲み、涼しい顔をして言葉を続ける。

「……奥の手……使ったな」

俺はもう脱力してしまって、大きく溜め息をつくと、どさっとソファに倒れ込んだ。

「奥の手？」

坂本が相変わらず不審そうな顔をし、俺と中条の顔を代わる代わるに見ている。

「……ああ。こいつのオヤジさん、悪徳弁護士なんだ。それこそ『ヤ』のつく自由業の親分さんの顧問弁護をするような……」

そういやそうだったんだよ、とそれを思い出した俺は頭を抱えてしまいながら、坂本に説明してやった。

「悪徳弁護士⁉」

坂本が驚いた声を上げる。

「『悪徳』は余計だろうがよ」

中条が苦笑し、またコーヒーをひと口飲んだ。

「……それで『奥の手』って……」

なんなんです、と坂本が俺に小さな声で問いかけてくる。どうせ、とんでもないことをしたに違いない、と未だに脱力状態から抜けられずにいた俺の代わりに、中条はどんな『奥の手』を使ったのか、滔々《とうとう》と説明してくれた。

「なに、それこそ『ヤ』のつく自由業の皆さんに協力してもらったんだよ。顔が命の小林に、その自慢の顔を生かして新しい職業についてみないかってね」

「新しい職業？」

なんだかとっても嫌な予感がする、と思いつつ問い返した俺に、中条は、うん、と頷くと、とんでもないといおうか、恐ろしいといおうか、そんな話を聞かせてくれた。

「あいつがお前にやったとおりのことを、自分でも体験してみるか？　と言ってやったのさ。それをビデオにでも撮って『美青年強姦』とかタイトルつけて販売してやろうかってね。きっと凄い売れっ子になるぜ、とちょっと脅かしたらそれだけでひゅるると怯《ひる》んだよ。やっぱりあいつは小者だね。すぐさま辞表書いて持ってきやがった。あの狡賢《ずるがしこ》さからいうともう少し骨のある奴だと思ったんだがねえ」

「お前、それって……」

そこまでするか、と、俺は唖然とするやら呆れるやらで、言葉を失い、平然としている中条の顔をまじまじと見やってしまった。

「当然だろう？　それだけのことを奴はしているんだからね。本来なら問答無用で輪姦してやってもいいくらいだが、まあ一時は俺の下についていたことでもあるしね」

それで勘弁してやったのさ、と中条が楽しそうに笑う。

「ひ、非道だ……」

さすがの坂本も毒気を抜かれたのか、呆然としたまま、ぼそりと呟いている。その声が聞こえたのか、中条は坂本に視線を向けると、

「君もね、事と次第によってはビデオ出演の憂き目に遭うということを、忘れないでいてもらいたいね」

本気、としか思えない口調でそう言い放った。

「ど、どういう意味だよ?」

坂本が何をしたっていうんだ、と、慌てて中条に食ってかかる。と、中条は、小さく溜め息をついたかと思うと、憂いを含んだ表情となり、俺に問いかけてきた。

「昨日の様子を見てわかったよ……お前、坂本君に詫びてばっかりいたろう? 彼はお前にとって、特別な存在ということだよな?」

「え……?」

いきなりの指摘に、俺は頷いていいものか迷い、間の抜けた声で答えることしかできず、中条の真摯な視線を受け止める。中条はそんな俺に、あの、はにかむような笑みを浮かべてみせたあと、すっと視線を坂本へと向け、きつい語調でこう告げた。

「だからね……もし、坂本君がお前を不幸にするような男だったら、俺はまた不肖の親父の

――『悪徳弁護士』の手を借りてでも、お前を救ってやる。そう言ってるんだよ」

「そんな……」

彼の本気はその目を見ればわかる。ちょっと待てよ、と思わず俺は立ち上がり、中条の腕に縋ろうとした。が、そんな俺の手を同じく立ち上がった坂本が横からぎゅっと握り締めると、中条に向かい、これでもかというほど胸を張ってみせた。

「ご心配には及びません。たとえヤクザに脅かされたって、僕の東野さんへの想いはホンモノですからっ」

「おいっ」

それじゃ、まるで俺たちの関係を認めているのと同じじゃないか、と慌てて諌《いさ》めようとし、彼を見やった俺の視線と、

「それはこれから判断させていただくよ」

厳しい表情を崩さぬままに中条が坂本を見やった視線が坂本の上でぶつかった。

「望むところです！」

鼻息荒くそう言いながら、坂本が俺の肩をぎゅっと抱き寄せる。困ったなあ、と溜め息をつきながらも、俺は彼の腕の力強さに胸が熱くなるのを抑えることができずにいた。

そうして俺たちの周りに平穏な毎日が戻ってきた。

S駅前再開発には、予定どおり当社のエレベーターが納入されることとなった。小林の行方は知れなかったが、坂本が大学の後輩に聞いたところ、どう誤魔化したのかまた大学へと戻り、来年院を受験して人生のやり直しを図っているらしい。

「馬鹿ほど立ち直りが早いもんです」

坂本はぶすっとそう言ったが、俺は小林が俺のせいで人生を踏み外すようなことにならなかったのを心から喜んでいた。

裏ビデオ出演なんて、可哀想すぎる、と思ってしまったのだ。

「本当に東野さんは人がよすぎますって」

坂本には呆れられたが、俺が自分を強姦した男に対して優しくなれるのも、実は坂本のおかげだった。

「お前の腕の中でこんなにも幸せなときを過ごしているから、人に優しくなれるんだ」

少し照れくさかったが、それを口に出して伝えてやる。

「本当に東野さんってば」

坂本もまた照れたように笑い、俺の身体をぎゅっと抱き締めてくれたのだった。

後日談

八重洲ブックセンターで、建築関係の本を探していた俺の耳に、場所にそぐわない嬌声が聞こえてきた。外出途中ぽっかりと時間が四十分ほど空いてしまったために、時間潰《つぶ》しにこの本屋に寄ったのだったが、昼間っからこんなビジネス書のコーナーで一体どんな奴らが騒いでいるんだ、と俺は声のしたほうを何気にちらっと見た。

「もう、そんなに騒いじゃ本が探せないだろ？」

黒のタートルネックのセーターを着込んだモデルのような長身の男の周りを、三人の綺麗《きれい》な女子大生らしき女の子が取り囲んでいる。大学生は呑気《のんき》でいいねえ、とひがみ根性丸出しで俺は、自分がおサボりタイムだったにもかかわらず、思わず溜《た》め息をついてまた嬌声を上げたその集団を見やった。俺の視線に気づいたのか、タートルネックの男が俺のほうを振り返る。

小林《こばやし》――？

思わず俺は持っていた本を取り落としそうになってしまった。小林も、あ、というように小さく口を開くと、俺の顔を見つめたままその場で固まっている。

「やだ、どうしたの？　知り合い？」

女の子の一人が小林の背を叩いた。俺は思わず本を棚に戻し、その場を足早に立ち去った。背中でまた湧《わ》き起こった女の子たちの嬌声を聞きながら、気づけば駆け出しそうになっている自分自身を叱咤《しった》しつつ、できるだけ平静を装い、無言で足を進めた。

小林は、取引先の三友商事《みともしょうじ》の新入社員だった。わけあって先月同社を依願退職し、今は大学に戻って来年の院試に向けて勉強中であると聞いている。

実は彼の退職に俺は大きくかかわっていた。思い出すのも厭《いと》わしかったが、彼の退職の原因は俺への行為にあったといってよかった。

なんのつもりか、彼は俺を犯したのだ。それを会社の先輩であった中条《なかじょう》に目撃され、彼の手によって退職を余儀なくさせられたのだった。

男に犯されたのはこれが初めてのことではなかった。中条も高校時代、未遂とはいえ、友人たちと俺を犯しかけた過去を持っている。当時は少しも心の傷になどならなかったその行為が、小林に犯されたときには酷《ひど》く俺にダメージを与えた。その現場を、俺が誰より愛しく思っている男に——俺の会社の後輩の坂本《さかもと》に見られてしまったからだった。

坂本もまた、ショックを受けたに違いないのに、どこまでも彼は優しかった。あれ以来、坂本は一度も小林のことについて触れないでくれている。

あの日——小林に犯された日、彼は俺を抱きかかえるようにしてそのまま寮へと連れ帰ると、俺に何も言わせず、一日中俺の背を抱き締めて過ごしてくれた。ショッキングな出来事があった日の夜でありながら俺が安らかに眠ることができたのは、彼に抱き締められながらその規則正しい胸の鼓動を聞いていたからに他ならない。

互いに口にこそ出さなかったが、小林のことはもう忘れよう、と俺も坂本も——そして中条も、あの日のことを封印して過ごしてきたというのに、まさかこんな街中で再び彼の姿を見ようとは、と動揺し、歩き続けていた俺は、不意に後ろから腕を摑《つか》まれ、はっと我に返った。

「東野《ひがしの》さん」

反射的に振り返り、そこに呼びかけてきた小林の姿を見たとき、俺は思わずその場に立ち竦《すく》んでしまった。自分でも驚くほどに顔色が変わったのがわかる。小林はそんな俺の顔を見て、

「すみません」

と慌てて俺の腕を離し頭を下げた。本屋から駆けてきたのか、肩が大きく上下している。引き連れていた女の子たちの姿は見えなかった。俺は頭を下げたままの彼を目の前に、一体どうしたらいいのか、と瞬時にして頭を巡らせた。

このまま何事もなかったかのように彼の前から立ち去ればいいのか、それとも——と、小林はその顔を不意に上げると、

「あの、もし時間あったら……少し話したいんですが」

と俺の顔を覗《のぞ》き込んできた。

「話？」

普通の声が出たことに俺は自分でもほっとしていた。小林に対して逃げたり怯《おび》えたりして

みせることは、そのまま彼に負けたと同然と思ってしまったためだった。

今更何を話したいというのだろう——かつて彼に受けた仕打ちを思うと、二人になるべきではないという判断しか下せない。だが、まさか昼日中、人目のあるところでは彼も何もできまい、と、『話』を聞いてみる気持ちになった。時計を見るとまだ次のアポまで三十分はある。

「ええ。僕、ちゃんと謝っていませんでしたから」

小林はぽつりとそう告げ俯《うつむ》くと、小さな声で、

「すみません」

と詫びてきた。

「……八重洲富士屋ホテルのラウンジにでも行こうか」

それにほだされたわけではないが、俺はそう言って、はい、と頷《うなず》く彼と肩を並べて歩き始めた。

ホテルのラウンジに座り、注文したアイスコーヒーが運ばれてくると、俺たちは無言でそれを飲んだ。

『話をしたい』と言いはしたが、小林はどう切り出そうかと迷っているのか、一気飲みしそうな勢いでアイスコーヒーをストローで吸い込んでいる。

「……大学に戻ったんだっけ」

沈黙に耐えられなくなったのは結局俺だった。問いかけると小林はストローから口を離し、

「……はい」

とグラスをテーブルに戻しながら、小さく頷いてみせた。

演技なのかもしれないが、殊勝な顔をして俯くその姿から、悪意は感じられない。整った容姿を持つ彼のそんな姿は、初対面のときの印象どおり、まるで外国人モデルがポーズをつけているかのように俺の目には映った。

長い睫《まつげ》が白皙《はくせき》の頬《ほお》に影を落としている。開きかけた唇は薄いピンク色をしており、そこから時折覗く歯は目に眩《まぶ》しいくらいに白い。シンプルな黒いタートルに包まれた見事な体軀《たいく》が服越しにも見て取れるその広い肩幅を窄《すぼ》めるようにしながら俯いているその顔。茶色がかった髪の毛――本当に中身さえ知らなければ、先ほどの女子大生が騒ぐのも無理はない、男でも見惚《みと》れるほどの美青年だった。

「……東野さん」

と、俺の視線に気づいたのか、小林が伏せていた目を俺へと向けてきた。高まる緊張感に思わずごくりと唾《つば》を飲み込む。

「なに？」

「あのときは本当に……申し訳ありませんでした」

小林はやはり殊勝な顔でそう言うと、再び俺の前で深々と頭を下げた。真摯《しんし》ぶっているが、

腹の中では何を考えているかわからない。騙《だま》されるな、と思いつつ俺は、

「今更もう、いいですよ」

あたかもなんでもないことのようにそう笑ってやった。

彼の前ではそのくらいの虚勢を張らせてもらいたかった。お前のやったことで俺は傷ついたりしていないんだ、と態度で示したかった――それこそ、『今更』の虚勢ではあるけれども。

「いえ……あのとき、本当に僕はどうかしていたんです」

小林は俯いたまま、ぽつりぽつりと話しはじめた。それは俺に詫びるというよりは、まるで自分に言い聞かせているかのように、俺には感じられた。

「坂本先輩からお聞きかもしれませんが――学生時代から、僕は何かというと坂本先輩につっかかっていました。同じ水泳部に入ったときから、周囲は俺と坂本先輩を『アイドル軍団』とひと括《くく》りにしようとした、それに反発したのかもしれません。僕も中・高とかなり注目を集めてきたんですが、大学に入ったら常に坂本先輩と比べられ、その上二番手のような扱いを受けてしまう――そのことがまた悔しくて、僕は『一番手』になってやろうと坂本先輩を貶《おとし》めるような噂を流したり、わざと先輩の彼女にちょっかい出したりしていたんですが、もうその時点で僕は先輩には敵《かな》わないと無意識のうちに悟っていたのかもしれません」

小林の話は以前、坂本から聞いたとおりのものだった。小林と坂本、二人並ぶと、年齢の差という以上に、なぜか差がつく。人目を引くのは坂本で、小林はどうしてもその次となる

というのは、なんとなく俺にもわかる気がした。

だが『わかる』というのも失礼か、と口を閉ざしていた俺の前で、小林は話を続けていった。

「その上、先輩は僕が何をしようがまるで相手にしませんでした。どんなに誹謗《ひぼう》中傷されようとも、坂本先輩は常にそんな噂などどこ吹く風というように堂々としていて、それがまた僕を酷く苛立《いらだ》たせました。この人には絶対敵わない——当時の僕は、それを認めることにどうしても耐えられなかった。水泳部の主将も坂本先輩から引き継いだわけだけれど、先輩は他の後輩に接するのと同じように、あれだけ彼につっかかっていた僕にも接していた。どうやったら僕は坂本先輩の鼻を明かしてやれるのか、それこそ僕は先輩が卒業するまで、そればっかりを考えていたといってもよかった。とうとう自分で『超えた』と思うことができないままに先輩は卒業していき、なんとなくそれで僕も肩の力が抜けたというか……四年になって初めて、僕は本当の意味で学生生活をエンジョイできたくらいだったんですが……」

小林はそこまで喋《しゃべ》ると、喉《のど》が渇いたのかテーブルの上の水を取り上げごくりと飲んだ。俺はなんだか彼の話に圧倒され、彼が再び口を開くのを無言のまま待ってしまっていた。

「それでも結局、僕は先輩の呪縛からは逃れられていなかったということに気づくのに、そんなに時間はかかりませんでした。三年のときから、僕は先輩よりも少しでもいい会社に、先輩を見下ろせるような会社に絶対就職しようとOB訪問を続けていました。三友商事に就職を決めたのも、世間の評価や給料が先輩の行った会社よりも高いと自分で思えたからです。実際入社してみて、先輩の会社の担当になったとわかったときに、僕はその偶然に心底驚きました。一年ぶりに顔を合わせた先輩は相変わらず堂々としていて、自信に溢《あふ》れていて――相変わらず僕のことを、他の後輩と同じような目で眺め、声をかけてきました。僕はその瞬間に、自分が少しも先輩の呪縛から解かれていないことを嫌というほど思い知らされたんです。僕はまだ先輩に囚《とら》われていた。先輩に勝たなければならないと、僕のほうがあなたより上だと先輩に知らしめないといけないと、何かに憑《つ》かれたように毎日そう考えていた。その思いに拍車をかけたのが、東野さん……あなたと中条さんの関係でした」

「……え……？」

いきなり自分の名前が出てきたものだから、俺は驚いて思わず声を上げてしまった。小林は、そうなんです、と二、三度頷いてみせながら、再び口を開いた。

「中条さんと東野さんは、高校の同級生だと中条さんから聞きました。中条さんは本当に東野さんのことを僕の前で誉《ほ》めてばかりいましたよ。あいつはいい奴だ、できる奴だ、ガッツがある奴だ……僕はそうして無条件に友人を誉めることができる中条さんが羨《うらや》ましかったのかもしれません。そんなあなたは、中条さんだけでなく坂本先輩にも慕われて――それがなぜか僕には酷く不愉快に感じられてしまって――ってすみません」

拳《こぶし》を握り締めかけた小林が、我に返った様子になり、俺に向かって頭を下げる。

「いや……続けてくれ」

今更『不愉快に感じた』くらいで怒る気はなかった。どちらかというと俺は彼に同情すらしかけていた。

なぜならそれは――。

「すみません」

小林が少し紅潮した頬に、長い睫の影を落としながら再び俯く。そうしてまたごくり、と水を飲むと、彼は話しはじめた。

「坂本先輩にとって、あなたは特別な人なんじゃないか――そう気づいたとき、僕はどうしてもそれを確かめてみたくなった。あなたを呼び出しながらも、僕は半分くらい自分の勘違いだろうと自分で自分を笑っていた。実際あなたを呼び出して、あなたの自由を奪い、服を脱がせている間も、僕は自分の考えを信じちゃいなかった。それが、だんだんと僕の考えは正しいことがわかってきて――坂本先輩にとって、あなたがそれこそ『特別』ということを目の当たりにしてしまって――僕は、叫び出したくなりました。坂本先輩への嫌がらせのためだけにあなたを呼び出し、辱《はずかし》めようと思っていましたが、実際にあなたに乱暴を働こうとは、本当にあのとき、あの瞬間まで考えてもいなかったんです……今更そんなことを言っても腹立たしいだけでしょうが……僕は……」

小林はそこで絶句してしまった。彼の膝に置かれた手が小刻みに震えている。そんな彼を前に、俺の口から溜め息が漏れた。それが聞こえたのか、彼の肩がびくりと震え、綺麗なその顔がゆっくりと上向き俺を見つめる。

「……君は……」

今までずっと黙っていたからだろうか。俺の声は酷く掠《かす》れていた。小林は、無言で俺の顔を見つめている。

彼の瞳に涙の名残がないことが、俺を酷く落ち着かせた。彼がここで瞳を潤ませてでもいたとしたら、逆に俺は今までの彼の告白のすべてを疑ってしまっていたことだろう。

俺は軽く咳払《せきばら》いをすると、彼を真《ま》っ直《す》ぐに見返し、先ほどから考えていた言葉を口にした。

「君は坂本が好きだった……そうだろう?」

その瞬間小林の目が大きく見開かれたかと思うと、その端整な顔がくしゃくしゃと崩れた。

俺はまるでスローモーションの画像を見るようにその様子を眺めていた。

暫《しば》しときが止まる。次の瞬間小林は、いきなりその場に顔を伏せたかと思うと、腹を抱えて笑い始めた。

「やだなあ、いきなり何を言うかと思ったら……僕、そんな趣味はないですよ」

あははと大声で笑いながら、小林は、俺へと蔑《さげす》むような目を向け、

「そんな、みんな自分と同じ種類の人間だと思わないでくださいよ、嫌だなあ」

そう言い、大きな声で笑い続ける。

瞳に涙すら滲《にじ》ませながら、ああ、腹が痛い、と小林はいつまでも笑い続けていた。そんな彼を前に、腕時計を見やった。そろそろ次の約束へと向かわなければならない時間だ。俺は立ち上がり、机の上から伝票を取り上げると、

「もうすべて終わったことだ。君は大学に戻り、また新たな人生を進めばいい。坂本とは無関係の人生を、ね」

そう、笑い続ける彼に告げ、それじゃあ、と踵《きびす》を返してレジへと向かった。

「待ってくださいよ」

そんな俺の背中に、くすくすと笑いながら小林が声をかけてきた。

「なに？」

半身だけ振り返り、彼に問い返す。その瞬間、小林はやけに真面目《まじめ》な顔になり、俺を見つめた。二人の間に僅《わず》かな時間、沈黙が流れる。が、次の瞬間には小林はぷっと吹き出すと、

「……お幸せに」

そう言い、再び肩を震わせ、くすくすと俯いたまま笑い始めた。

「君もね」

彼に俺もそう声をかけると、今度こそ後ろを振り返らずレジで支払いをすませ、早足で東京駅へと向かった。

この先、二度と小林に会うことはないだろう。彼が坂本の呪縛を逃れ、坂本と関係のない

人生を歩む限りは——俺の脳裏に、涙を浮かべながら笑い転げる小林の紅潮した貌《かお》が浮かんだ。

『呪縛』——彼を長年に亘《わた》り坂本へと縛り続けていたのは、彼に勝りたいという思いなどではなかったのではないだろうか。

それは例えていうならば、身を切るような彼への恋情の歪《ゆが》んだ姿——。

『嫌だなあ』

俺の頭の中で、小林がくすくすと笑い声を上げていた。

どちらにしろ、小林はすべてを俺に打ち明けることで、ようやく坂本の呪縛から逃れることができたのだ。

勝手な思い込みなのかもしれない。が、俺はそう思いたかった。小林のために、そして自分のために——。

「幸せになるよ」

頭に浮かぶ幻の小林に俺はそう呟《つぶや》くと、さて、と一人気合を入れて、再び駅に向かって走り始めた。

可愛い男のモノローグ

東野《ひがしの》さんが、僕に好意を抱いていることには、結構前から気づいていた。

自分でいうのもなんだが、容姿に随分恵まれていたため、幼い頃から『そういう』目で見られることには慣れていたせいもある。

いわゆる、性的な興味を抱いている視線は、どんなに本人が隠そうとしても、瞳の光でわかる。

顔が顔なので――本当に自分で言うなという感じだが――異性だけでなく、同性からもそういう目で見られたり、一歩進んで告白されたり、更にもう一歩進んで押し倒されそうになったりしたことは、数えきれないくらいにあった。

同性にはそう興味がなかったので、告白された場合は『ごめんなさい』と謝り、押し倒されたときには腕力にものをいわせて殴り倒した。

東野さんが僕に向けてきた視線も、無理矢理押し倒そうとした輩《やから》とまるで同じものだったが、僕が彼らに対するような嫌悪を東野さんに抱かなかったのは、ぶっちゃけ、僕自身も東野さんを『そういう目』で見ていたからだった。

新入社員として彼の下に配属された際の第一印象は、綺麗《きれい》な人だな、というものだった。

滅多に見ないほど整った容姿なのだが、すぐ、本人にはまったくその自覚がないことがわかった。

容姿のみでなく、東野さんが人から向けられる好意に関してもとびきり鈍いことも、すぐに僕は察することとなった。

同期の事務職、吉崎《よしざき》さんが、あれほどモーションをかけているのに気づかないのは、気の毒としかいいようがない。三年間アピールし続け、それでもまるで脈がないので半ば諦《あきら》めているようではあったが、それでも彼女が諦めきれていないのは、半日観察しているだけで充分わかった。

取引先にも東野さんは人気があった。綺麗な顔はもちろんのこと、非常に人懐っこい性格をしている彼は、初対面の人間に対してもそう臆することがない。

すぐ人の懐に飛び込むことができるのは、恵まれた容姿に起因するところが大きいだろうが、知り合うにつれ、誠実さや真面目《まじめ》さ、人情味溢《あふ》れる性格がわかってきて、尚人気が高まる。

そんな彼に僕自身もまた、あっという間に夢中になった。

彼も僕に好意を抱いていることはわかっている。僕も好きなのだから、簡単に恋人同士になれそうなものなのだが、どうやら東野さんは同性に好意を抱いた経験がなかったようで、なかなかアプローチを仕掛けてこなかった。

仕方がない、と僕はさんざん自分から誘いをかけたのだが、壊滅的な鈍さを見せる東野さんは、少しも気づいてくれない。

そのうち我慢も限界を迎え、結局強姦同然に彼を抱いてしまったのだが、そのときには僕は、相思相愛なんだから別に最初は無理矢理でもいいんじゃないかと思っていた。

　僕は——知らなかったのだ。東野さんが高校時代、友人に強姦されかけた過去があるなんてことを。

　普通、そんな経験をしたら、それがトラウマになるんじゃないかと思う。最初にそのことを聞かされたとき、僕の頭にまず浮かんだのはその考えだった。

　セックスの最中、東野さんは酷《ひど》くつらそうな顔をする。まだ抱かれ慣れていないのだ。そのうちよくなる、と行為を続けていたが、あのつらそうな顔は、過去のトラウマのせいだったのか、と僕は猛省した。

　だが、東野さん本人に確認すると、彼は過去にトラウマなどないと言う。それどころか、強姦されかかった相手とは、未だに友情が続いていると聞き、心の底から驚いた。

　主犯格だったという、三友商事《みともしょうじ》の中条《なかじょう》に対しても、東野さんは寛大だった。

　高校時代から彼は、東野さんのことが好きだったらしい。強姦しようとしたのも、抑え込んでいた恋情が暴走しての結果だろう。

　再会し、気持ちが再燃したという中条の告白に、東野さんは戸惑いまくっていた。僕としては即座に拒絶してほしかったが、付き合いが長いことに加え、最重要取引先の担当者であるため、アクションが起こせないでいるようだ。

　そう、東野さんの美点には、人の心の痛みを思い計る優しさ、という性格もある。

拒絶すれば中条が傷つくのではないか、とでも考えたのだろうとはわかったが、恋人としては彼のそんな優柔不断なところがもどかしかった。

どうも僕は彼に関しては、他人に対するときのような『外面《そとづら》のよさ』を発揮することができないようだ。

なんとも思っていない相手の心情を読み、快適に感じる方向へと話を持っていくのは実に容易《たやす》い。

だが東野さんに対してのみ、僕は酷くわがままになる。彼を思いやりたい気持ちは勿論《もちろん》あるのに、それ以上に自分のわがままを通したくなってしまうのだ。

そんな気持ちになったのは、東野さんが初めてだった。なぜ、彼に対してだけそうなのだろうと考え、すぐにその答えに辿《たど》り着いた。

多分僕は今まで、真剣に人を好きになったことがなかったのだ。

身も心も自分のものにしたい。彼の目が他人を映さぬよう、彼を他人の目に触れさせぬよう、ずっとこの腕の中に閉じこめておきたい。

今まで何人か、付き合ってきた相手はいたが、そんなふうに思った人間は誰一人としていなかった。

一歩間違えば、『危ない人』になりかねない、自分でも怖いくらいの独占欲を、東野さんに対しては感じてしまう。

彼がちょっとでも笑いかけた相手に僕は嫉妬の炎を燃やしてしまうし、過去付き合った相手にすら、今現在はなんのかかわりもないと知っていても、やはり焼けつくような嫉妬を覚える。

東野さんに気づかれたらどん引きされるとわかっているだけに、口にも態度にも出したことはないが、それでも行動に滲《にじ》み出てしまうのか、時折戸惑った反応をされる。

もう少し人に好意を持たれることに対し敏感でいてくれればいいのだけれど、生まれてこの方二十数年、鈍くあり続けた彼にそれを求めるのは酷だろう。

まあ、そういうぼんやりしたところも好きなんだけれど、と、僕は今、腕の中で眠っている東野さんの顔を見下ろす。

昨日も今日も、寮の彼の部屋に押しかけ、ほぼ強引にベッドインに持ち込んだ。昨夜もたいがいしつこくしてしまったせいか、疲れているから一回にしような、と今夜は最初に宣言されていたにもかかわらず、抱いてしまったらもう我慢ができるわけもなく、三回も互いに達してしまった。

きっと明日、目覚めたと同時に彼に怒鳴られるのだろうな、と、リアクションを予想する僕の頰《ほお》が笑いで緩む。

こうも激しく求めてしまうのは、ようやく最近になり東野さんが僕との行為に快感を覚えてくれるようになった、その手応えを感じているためだった。

以前は後ろに指を挿入した時点で、彼の体はびくっと強張《こわば》り、無意識なんだろうが息を詰めている気配が伝わってきていた。

でも、最初の行為から三ヶ月が経《た》った今、挿入前に後ろを解《ほぐ》そうとしても、東野さんの身体が強張ることはない。

指でゆっくりと中をかき回すと、内壁がまとわりついてくるのがわかる。

できるだけつらい思いはさせたくないから、丹念に丹念に解すのだけれど、最近ではその時間が少し長くなると、東野さんはもどかしそうに腰を揺らすようになった。

多分、本人は気づいていないだろうから指摘もしないが、後ろで感じてくれるようになり、僕がどれほど喜んでいるかはいつか伝えたいと思う。

もともと敏感な体質なのか、乳首やペニスは開発するまでもなく、弄《いじ》ればすぐ快感に結びついたようだが、アナルは気持ち的にも抵抗があるのか、なかなか快感を得るまでに至らなかった。

僕としては、セックスにおいて、彼と一つになりたい、という願望を抱いているため、どうしても挿入はしたかった。だが、東野さんがつらいばかりではそれは単なる僕のわがままになってしまう。どうしたら彼が快感を得られるのか、ここだけの話、本を読んだりネットで調べたりと、彼に隠れて僕は随分勉強した。

勉強の甲斐《かい》あり、曙光を見たあとには結構早い段階で、東野さんは感じてくれるようになった。

ぐっと奥まで挿入すると、唇から声を漏らし、快感に耐えきれぬよう背を仰《の》け反《ぞ》らせる。眉間《みけん》に縦皺《たてじわ》は寄っているが、それは苦痛の表れではなく、込み上げる快感を堪《こら》えているものだと察することができる喜びに、僕の胸は打ち震える。

恥ずかしがり屋の彼は、快感の表れである喘《あえ》ぎ声をなかなか上げようとしない。唇を嚙《か》み締め、我慢する、その顔は確かに可愛いのだけれど、できることなら、どれだけ感じているかをその声で教えてほしいと、常々僕は思っている。

なので殊更、愛撫の段階では必死で堪えていたのに、僕の突き上げでついに我慢できなくなり、声を発し始めることに、この上ない喜びを感じる。

自分がいいだけじゃなく東野さんにもできるかぎり、気持ちよくなってほしい。僕とのセックスで快感に溺《おぼ》れてほしい。

彼に対してわがままにもなるが、彼のわがままも思う存分聞いてあげたい。ベッドの中のわがままだったら尚更だ。

恥ずかしがり屋の彼が、そんな『わがまま』を口にするのには、もうちょっと時間がかかるかもしれないな、と腕の中で眠る彼の額に唇を押し当てる。

相手にわがままを言いたくなるのも初めてなら、わがままを積極的に聞きたい、なんて願いを抱くのも初めてだった。

焼けつくような嫉妬心も初めてなら、どん引きされそうな独占欲も初めてだし、こうしてあどけない寝顔に庇護欲を掻《か》き立てられるのも初めてだ。

綺麗な感情だけじゃない。今まで抱いたこともないような醜い感情をも呼び起こす。それがきっと、人を愛するってことなんだろうな、と腕の中で眠る東野さんを見つめる僕の胸に温かな想いが溢れてくる。

この『温かな想い』も初めてだ、と僕は、自然と微笑《ほほえ》んでしまっていた顔を、目を閉じているせいで少し幼く見える彼の顔に近づけ、眠りを妨げぬように気をつけながら、再びそっと唇を額に押し当てたのだった。

あとがき

はじめまして&こんにちは。愁堂れなです。

この度は三十八冊目のルチル文庫となりました『可愛い顔して憎いやつ』をお手に取ってくださり、本当にどうもありがとうございました。

本書はデビュー前に個人サイトに掲載していた『愛の軌跡』『続・愛の軌跡』を加筆・修正し、書き下ろしを加えたものです。

私ごとですがこの十月で十周年を迎えるにあたり、原点といってもいい（って自分で言うことじゃありませんが・汗）リーマンものを皆様にこうしてお読みいただくことができ、恥ずかしさと嬉しさを同時に感じています。

この十年で時代がかなり変わりましたので、仕事や会社の状況など、かなり懐かしく感じられるかもしれません。今の時代に合うように直そうかとも考えたのですが、当時の雰囲気をお届けするのもいいかなと、そのままにさせていただくことに致しました。

自分にとっても本当に懐かしい本作が、皆様にも少しでも楽しんでいただけるといいなとお祈りしています。

イラストの陸裕千景子先生、腹黒可愛い坂本を、鈍感美人の東野を、めちゃめちゃ素敵に描いてくださり、本当にどうもありがとうございました。

デビュー作『罪なくちづけ』以来、いくつものシリーズをご一緒させていただいてきた先生と、十周年の月に出る記念すべき（これも自分で言うことじゃないですが・汗）作品でもご一緒できて本当に嬉しいです！

今まで陸裕先生には、沢山の幸せと萌えと感動を頂いてきました。本当にどうもありがとうございます！　この先の十年、二十年と共に世間の荒波を乗り越えていけたらいいなと祈ってます。今後ともどうぞ宜しくお願い申し上げます。

また、担当のO様には、今回本当にお世話になりました。本書をご発行くださり、本当にどうもありがとうございます。

これからも頑張りますので、何卒宜しくお願い申し上げます。

最後に何より、本書をお手に取ってくださいました皆様に、心より御礼申し上げます。

オリジナルBL小説のHPを立ち上げたのが二〇〇一年十二月、翌年五月にアイノベルズの担当様より、サイトに掲載していた『見果てぬ夢』（『罪なくちづけ』に改題）をノベルズ化したいというご連絡をいただいたのがデビューのきっかけでした。

まさか自分がデビューできるなんて、少しも考えたことがなかったのですが、折角だから思い出に一冊出してもらおうかな、とお話をお受けし、同年十月に初ノベルズを発行していただきました。

自分の本が本屋さんに並ぶなんてまさに夢のようで、発売日に新宿マイシティ（当時）の書店様に見に行き、本当にあった！　と感動したことが昨日のように思い出されます。

あれから十年、著作も百五十冊（出し直しを含めると百八十冊）を超えました。こんなに長い間、そしてこんなにも沢山の本を発行していただけましたのも、いつも応援してくださる皆様のおかげです。本当にどうもありがとうございます。

この先十年、二十年、そして二百冊、三百冊を目指し、少しでも皆様に楽しんでいただける作品を頑張って書いていきたいと思っていますので、不束者ではありますが、何卒宜しくお願い申し上げます。

次のルチル文庫様でのお仕事は、来月新作を発行していただける予定です。よろしかったらそちらもどうぞお手に取ってみてくださいね。

また皆様にお目にかかれますことを、切にお祈りしています。

平成二十四年九月吉日

愁堂れな

（公式サイト『シャインズ』http://www.r-shuhdoh.com/）

＊十周年の記念に、この「あとがき」のあとに今まで発行していただいた著作のタイトルを並べてみました。
どの本も自分にとっては、拙いながらもそれぞれに思い出深い大切な作品ですので、この中にどれか一冊でも、皆様が気に入ってくださっている本があるといいなと祈っています。

【二〇〇二年】
『罪なくちづけ』（十月）
【二〇〇三年】
『罪な約束』（五月）『忘却の報讐』（九月）『嫌い嫌いも好きのうち』（十月）『穢れなき恋情』（十一月）
【二〇〇四年】
『僕だけの騎士』『エリート』（一月）『淫らな罠に堕とされて』（二月）『身勝手な狩人』（三月）『チェリーコップ！　愛さずにいられない』『たくらみは美しき獣の腕で』（四月）『罪な悪戯』『悪魔のようなあなた』（五月）『切なさごと抱きしめて』『淫らなキスに乱されて』（六月）『チェリーコップ！　抱きしめずにいられない！』（七月）『すべてはお好みのままに』『ヤ

シの木陰で抱きしめて』（八月）『華やかな野望の果てに』『予想外の男』（九月）『チェリーコップ！　嫉妬せずにいられない！』『淫らな躰に酔わされて』（十月）『十億のプライド』（十一月）『やるせなき恋情』『チェリーコップ！　さよならなんて言わせない』『傲慢な彼ら』（十二月）

【二〇〇五年】

『愛こそすべて』（一月）『灼熱の恋に身悶えて』（二月）『裏切りは恋への序奏』『How to kiss? ～キスのやり方、教えます～』『愛人契約』（三月）『ごめんですんだら警察はいらない』『たくらみは傷つきし獣の胸で』（四月）『艶やかな夜に見せられて』（五月）『紅蓮の炎に焼かれて』（六月）『シャッフリング・デイズ！』『僕と彼らの恋物語』（七月）『絶対服従の掟』『あぶない奴が多すぎる』（八月）『罪な宿命』『監禁の甘い誘惑』（九月）『やさしく支配して』『砂漠の王は龍を抱く』（十月）『高慢は主のたしなみ』『何がなんだか』『せつない奴が多すぎる』（十一月）『天使は愛で堕ちていく』（十二月）

【二〇〇六年】

『花婿をぶっとばせ』（二月）『わがままな束縛』（三月）『花嫁は二度さらわれる』（五月）『身代わりの愛のとりこ』『たくらみはやるせなき獣の心に』『誘拐犯は華やかに』（六月）『情熱の花は愛に濡れて』『きわどい恋のリプレイス』（八月）『恋は淫らにしどけなく』（九月）『ギムナジウムの貴公子』『伯爵は服従を強いる』『淫靡な関係』（十月）『禁忌』（十一月）『不在

証明～アリバイ～』（十二月）
【二〇〇七年】
『罪な復讐』『花嫁は二人いる』『コードネームは花嫁』（一月）『愛探偵事務所の事件簿』『銀薔楼の麗人』『熱砂の王と冷たい月』（三月）『欲望の鎖に囚われて』『たくらみは終わりなき獣の愛で』『境界（ボーダー）』（四月）『罪な告白（罪シリーズspecial edition）』『怪盗は闇を駆ける』『北の漁場』『愛は淫らな夜に咲く』（七月）『帝王の犬～いたいけな隷属者～』（八月）『unison ユニゾン』『情熱の月は夜に淫れて』『手折らん、いざ気高き華を』（九月）『花嫁は夜に散る』『屈辱の応酬』（十月）『罪な愛情』（十一月）
【二〇〇八年】
『variation～変奏曲～』『新宿退屈男～欲望の法則～』（一月）『心は淫らな闇に舞う』（二月）『俺の胸で泣け』『金曜日に僕は行かない』（三月）『オカルト探偵　墜ちたる天使』『新宿退屈男　悦楽の祭典』（五月）『永遠のヴァカンス』（六月）『灼熱の薔薇は紅く燃えて』『行儀のいい同居人』（七月）『淫らな関係』『罪な回想』『3P（3persons）』（八月）『concerto 協奏曲』（九月）『罪な後悔』『銀薔楼の美姫』『スクエア～四角関係～』（十一月）『オカルト探偵　悪魔の誘惑』『被虐の褥』『激情』『御曹司の花嫁』（十二月）
【二〇〇九年】
『淫らな爪痕』『intermezzo 間奏曲』（一月）『淫らな罠に堕とされて（文庫化）』（二月）『淫

らなキスに乱されて（文庫化）』『暁のスナイパー　蘇る情痕』（三月）『淫らな躰に酔わされて（文庫化）』『二時間だけの密室』（四月）『恋は淫らにしどけなく（文庫化）』『rhapsody狂詩曲』『俺に胸を貸しやがれ』（五月）『愛は淫らな夜に咲く（文庫化）』『あやうい恋のリファレンス』（六月）『心は淫らな闇に舞う（文庫化）』『淫らな背徳』『隷属の闇』『罪な執着』（七月）『嘆きのヴァンパイア～愛しき夜の唇～』『北の情炎』『月ノ瀬探偵の華麗なる敗北』（九月）『銀薔楼の徒花』（十月）『罪な沈黙』『新宿退屈男・愛欲の交叉』（十一月）『王子とダイヤモンド』（十二月）

【二〇一〇年】

『etude 練習曲』『法医学者と刑事の相性』（一月）『舞姫～踏みにじられて～』（二月）『不在証明～アリバイ～（文庫化）』（三月）『淫らな囁き』『花嫁は閨で惑う』『バディ・相棒』（四月）『有罪証明・ギルティ』『真夜中のスナイパー　汚れた象徴』『嵐の夜、別荘で』（五月）『バディ・主従』（六月）『罪なくちづけ（文庫化）』『アラビアン・ハネムーン～砂漠の蜜月～』『花の破片』（七月）『忘却の報讐（文庫化）』『プラトニック　淫靡な関係（旧タイトル『淫靡な関係』文庫化）』『法医学者と刑事の本音』『灼熱の薔薇は甘く乱れて』（八月）『砂漠の王は龍を抱く（文庫化）』『闇探偵・ラブイズデッド』（九月）『罪な約束（文庫化）』（十月）『灼熱の恋に身悶えて（文庫化）』（十一月）『入院患者は眠らない』『夜に咲く薔薇』（十二月）

【二〇一一年】

『哀しくて、愛しい』『serenade 小夜曲』『エリートが多すぎる -managers-』（一月）『花嫁は二度さらわれる（文庫化）』（二月）『昼下がりのスナイパー　危険な遊戯』『枯れ木に花の咲く頃に』（三月）『花嫁は三度愛を知る』『極道の手なずけ方』（四月）『刑事と検事のあぶない関係』『waltz 円舞曲』『新宿退屈男・色欲の楽園』（五月）『愛こそすべて（文庫化）』（六月）『罪な裏切り』（七月）『嫌い嫌いも好きのうち（新装版）』『闇探偵～ DEPARTURE ～』（八月）『天使は愛で堕ちていく（文庫化）』『下剋上にはわけがある（旧タイトル『切なさごと抱き締めて・文庫化』）『捜査一課のから騒ぎ』（九月）『sonata 奏鳴曲』『仮面執事の誘惑』（十二月）

【二〇一二年】

『COOL ～美しき淫獣～』『罪な片恋』『枯れ木に花は咲き誇る』（一月）『たくらみは美しき獣の腕で（文庫化）』（二月）『たくらみは傷つきし獣の胸で（文庫化）』（三月）『捜査一課の色恋沙汰』（四月）『たくらみはやるせなき獣の心に（文庫化）』『バディ・禁忌』（五月）『デュオ～君と奏でる愛の歌～』（六月）『はつ恋の義兄（ひと）』『絶対服従の掟（文庫化）』『裏切りは恋への序奏（文庫化）』（八月）『たくらみは終わりなき獣の愛で（文庫化）』『家政夫はヤクザ』（九月）『可愛い顔して憎いやつ』『バディ・陥落』『逃避行・穢された愛の軌跡』（十月）

✦初出　可愛い顔して憎いやつ……………「愛の軌跡」（個人サイト掲載作）を加筆・修正
可愛い顔して悪いやつ……………「続・愛の軌跡」（個人サイト掲載作）を加筆・修正
後日談………………………………個人サイト掲載作を加筆・修正
可愛い男のモノローグ……………書き下ろし

愁堂れな先生、陸裕千景子先生へのお便り、本作品に関するご意見、ご感想などは
〒151-0051 東京都渋谷区千駄ヶ谷 4-9-7
幻冬舎コミックス　ルチル文庫「可愛い顔して憎いやつ」係まで。

幻冬舎ルチル文庫

可愛い顔して憎いやつ

2012年10月20日　第1刷発行

✦著者　愁堂れな　しゅうどう れな

✦発行人　伊藤嘉彦

✦発行元　株式会社 幻冬舎コミックス
〒151-0051 東京都渋谷区千駄ヶ谷 4-9-7
電話 03(5411)6432［編集］

✦発売元　株式会社 幻冬舎
〒151-0051 東京都渋谷区千駄ヶ谷 4-9-7
電話 03(5411)6222［営業］
振替 00120-8-767643

✦印刷・製本所　中央精版印刷株式会社

✦検印廃止

ISBN978-4-344-82642-7　C0193　Printed in Japan